いとエモし。

超訳 日本の美しい文学

koto

sanctuary books

はじめに

「国語の授業って、なんか意味ありますー?」


と、思い続けていた10代の頃。

（いま思い返してみても、学校の授業全般、習う意味があったのかと言われるとかなり疑問なのだが……それは話が長くなるので割愛）


とにかく退屈だった。

特に、古典。あれはもう呪文だ。

なんでわざわざ、「いま」に生きる私たちが、古～い失われつつある日本語を覚えなきゃならんのだ（きっと、そう思っていたのは私だけではないはずだ）。


でも、それから時がずいぶん経ったある日のこと。

ふとした瞬間に、『枕草子』の一節が飛び込んできた。

「まいて雁《かり》などの　つらねたるが、　いと小さく見ゆるはいとをかし。」

この「をかし」という単語が、突然私の心をつかんだのだ。

「をかし」とは、それこそ国語の授業では「なんとなく趣《おもむき》のあること」と、習った。

「なんとなく」。これはわかる。だが、問題は趣だ。「趣がある」。趣……おもむき……オモムキ？

「なんとなく」というふわっとした言葉と、「趣」という直感的に解釈できない単語が合わさったときの絶望的なまでの「つかみどころのなさ」に思考停止。私は考えるのをやめた……そのまま時が過ぎていった。

しかし、学校を卒業し、不本意ながら社会というものと関わることとなり、時には「オトナ」というコスプレをし、人間関係で困り果てたり、仕事や将来のことで思い悩んでみたり、多少のロマンスもあったりなかったりなど、ティーンエイジャーのときよりは、経験値や浅知恵のようなものがついてきた今日この頃。

私はその日、「をかし」をこう解釈した。

「ああ、『エモい』ってことか」

その瞬間、作者・清少納言の気持ちが、ちょっとだけわかった気がしたのだ。

秋の夕暮れを見て、
冬の朝の寒さに震えて、
春の朝焼けの景色を見て、
夏の夜に雨音を聴いて、

「あ、これエモいな」と感じたことが、私にもあったなと思った。

生まれ育った場所で、旅先で、あたらしい環境で、1人で、誰かと一緒に。

自分も、彼女たちと同じことをし、同じことを感じていたのだ。


いとをかしとは、「まじエモい。」だったのだ。


そんな経験をきっかけに、私はいろんな作品を集めて、読んでみた。

すると、たとえば「和歌」という限られた文字数の中で風景や気持ちを切り取ることがいかに神業《かみわざ》か、そして、そこにどれだけの想いがこもっているのかを知る。

平安時代や鎌倉時代に書かれたエッセイや物語が、真理のようなものをコンパクトに言い当てながら、不思議な魔力のようなものを帯びていることに気づく。

これらを、ただ現代語訳で終わらせるのではなく、いまを生きる私たちの感覚に寄せた言葉で表現できないだろうか？　もっと、彼らが表現したかった世界を、彼らが見ていた画《え》を、感覚的に理解できないだろうか？

……そう考え、あれこれ試しながら書き溜めていたものをまとめたのがこの本です。

この日本に何万とある古典の文章や作品の中から、「エモさが爆発してるよ！」「これは有名（そしてエモい）！」というものを、超訳ならぬ「エモ訳」で紹介していく……だけでなく！

そこに現代の絵師であるイラストレーターさまたちの作品をお借りしました。

魂のこもったイラストと先人たちの言葉が合わさることで、言葉の中に眠っていた「何か」が飛び出してくるような不思議な感覚が生まれました。

なぜか、音が聴こえてくる、映像が見える、香りがする。記憶が呼び戻されるような言葉にできない感覚……。それはもしかして、先人たちが作品に込めた思いや力なのかも……？　その言葉にできない何かを存分に味わえる古典文学の選集のようなもの。それが、この本です。

解釈は一般的な現代語訳にのっとりつつも、「作者はこう思ってたんじゃないかな〜」「いまで言うとこういうことだよね」「核心は、ここだよね？」なんて、私なりに再解釈をしているので、だいぶ飛躍しちゃっている部分もあるのですが、とにかく入門の入門くらいの感覚で楽しんでいただければ、これ幸いです。

テーマもいろいろ。恋愛も、季節の風景も、仕事も、学びのようなものも（私も一部だけ、コラムや解説を書かせてもらっています）。

パラパラと、心のままに、お好きに読まれてみてください。切なくなったり、勇気がわいてきたり、なんともいえない胸いっぱいな気持ちになったり。

そこに感じたことは、きっと、先人たちが感じたことなんだと私は思っています。

言葉とは、音。音とは、ものごとの始まり。時代を超えた先人たちの言葉たちが、作品たちが、あらたな陽を浴びていく、そのきっかけになればいいなと願い、ここに筆をおきます（正確にはタイピングをやめます）。

koto

※本書の「エモ訳」は、巻末・参考文献の現代語訳をベースに制作しています。「感情」「思い」「シチュエーション」に重きを置いているため、詳しい言葉の意味や用法、技法などについては、ぜひ原典に近い資料や解説書をご覧になってみてください（出典元の番号は参考文献記載のものなので、資料によって若干ばらつきがある場合もあります）。とにかく、なんかエモ〜い感じになっていただけたら、とても嬉しいです。

いとエモし。目次

一章　孔雀青《くじゃくあお》のエモ

二章 不言色《いわぬいろ》のエモ

三章 紫式部《むらさきしきぶ》のエモ

四章 苔色《こけいろ》のエモ

五章　朱鷺色《ときいろ》のエモ

六章　深《こき》緋《あけ》のエモ

七章　金糸雀色《かなりあいろ》のエモ

1
章

孔雀青のエモ

Color of Kujyaku-Ao

孔雀青《くじゃくあお》。別名「ピーコック・ブルー」。

その青く美しい羽の色は、
ここ日本でも、古くから愛されてきた。

その羽の目の模様は、
魔除けや幸運の象徴として、
その羽は、
文字を起こすペンとして使われてきた。

言葉よ、はばたけ。この青い世界に。
そんな願いを込めて。

花見れば袖ぬれぬ
月見れば袖ぬれぬ　なにの心ぞ

花を見たら、泣けてきた。
月を見たら、また泣けた。

どこからか、
自然とあふれ出てくる気持ち。

これは、なに？
それはきっと――

1 まじエモい。ってこと

『閑吟集』305

室町時代の後期、当時愛された歌謡を集めた『閑吟集』からの歌。『袖』とは、古来「魂の宿る場所」として使われてきた言葉。荒ぶる戦国の世でも、平安の世でも、いまでも。感覚は時空を越える。

2

秋は夕暮れ

『枕草子』1段より　清少納言

秋はダントツで、夕暮れが私のオシ。

たとえば日が落ちた頃、
カラスが2~3羽でおうちに帰っていく姿とか、
実際に見ると大きい鳥なのに、
遠くの方で飛んでるとすごく小さく見えるのとか。

そーいうのが、
なんか、グッときちゃうんだよね。

でも一番は、完全に日が沈んだときに
聞こえてくる風の音とか、虫の声。
そっと目を閉じて、耳をすますの。
暗闇から聴こえてくる、音。
静寂な、秋の息づかい。
これはマジで至高。

3 お月見

『風雅集』983　祝子内親王《しゅくしないしんのう》

月はただ
むかふばかりの
ながめかな
心のうちの
あらぬ思ひに

月を見ている。
月を見ている。
月を見ている。
でも、本当は何も見えていない。
私が見ているのは、心の中のあなた。

室町時代につくられた『風雅集』という和歌集より。
作者は、鎌倉時代の後期〜南北朝時代にかけて活躍した女流歌人の祝子内親王。心のときめきを前にしては、どんな美しい風景も意味がなくなってしまう。

4

寝起き

『古今集』552　小野小町

思ひつつ
寝《ぬ》ればや人の　見えつらむ
夢と知りせば　覚めざらましを

あーあ。
会えてめちゃくちゃ嬉しかったのに。
夢だってわかってたら、
ずっと寝てたよ。

歌の名人「六歌仙」の1人であり、平安時代を代表する女流歌人の小野小町。絶世の美女として知られているが、実はその素性はよくわかっていないという。女性の立場からうたわれた歌は、このとおり繊細でエモい。

5 心の花

『古今集』797　小野小町

色見えで　うつろふものは
世の中の　人の心の
花にぞありける

花はいいよね。
だって咲いてるか
枯れてるかなんて、
ひと目見ればすぐにわかるから。

でも、やっかいなのが見えない花。
心の花。

だって人の「好き」は
いつ枯れるかわからないでしょ。
それが私は、とってもイヤなの。

古語の「色」にはさまざまな意味がある。「身分（官位）」をあらわすものであり、「表情」「本音」「恋心」「気配」「欲」「恋人」「愛人」……色はさまざまだからこそ、その意味もさまざま、なのかもしれない。

6

心がうずく夜

『古今集』878　詠み人知らず

わが心
なぐさめかねつ　さらしなや
をばすて山に　照る月を見て

今夜は月がきれいだ。
本当に美しい。

けれども、
この心は、無性にうずく。
この心は、癒やされない。
こんなにも美しいのに。

どうしてだろう。
どうして……どうして。

更科《さらしな》（現在の長野県）にある姨捨山《うばすてやま》は、昔から月の名所であった。『大和物語』の中にあるエピソード「姨捨山」でもこの歌は引用され、母を置き去りにした男の気持ちを表現した。

7 聞けないのよ

『風雅集』1013　永福門院

永福門院は、鎌倉時代後期に活躍した女流歌人。「京極派」と呼ばれる流派の代表的な人物で、美しい心象風景に心がつかまれる。あと（No.19など）に登場する花園天皇（上皇）の歌の指導者としても知られている。

思ふかたに
聞きしひとまの
一言よ
さてもいかにと
いふ道もなし

気になる人と
2人きりになったとき。
一瞬、「好きサイン」を
出された気がするんだけど、
すぐに人が戻ってきちゃった。
「え、あたしのこと好きなの？」
って、気軽に聞ける性格だったら、
よかったのだけれど。

8 もの想う夜

『徒然草《つれづれぐさ》』29段より　吉田兼好

無性に昔を思い出す夜がある。
たとえば、なんとなく眠れなくて、
夜に荷物の整理をしているとき。
古いメモ、日記、絵が見つかって、
あの人や、あの日のこと。
忘れていたことが次々と浮かんでくる。

『徒然草』は、鎌倉時代の後期に書かれたエッセイ。『枕草子』と双璧をなす傑作と言われている作品である。ここに『方丈記』（No.25）を加えて「日本三大随筆」と呼ばれることもある。そのテーマは幅広く、日記、評論、物語風、人生観など多岐にわたる。

誰かからもらった手紙を読んでしまったら、
気持ちはあの頃に戻っている。

亡くなってしまったあの人が
遺していったものを見た日には、
瞬間、胸がキュッと痛みだす。

それもこれもきっと、
この静かな夜のせい。

9

里恋しい

『万葉集』3134

里離《さか》り
遠《とほ》くあらなくに
草枕
旅とし思へば
なほ恋ひにけり

なんでかな。
まだ家からちょっと
離れただけなんだけど、
旅に出たんだなぁって思うと
恋しくなっちゃった。
いつでも戻れる距離なんだけどね。

奈良時代には存在していたという『万葉集』からの歌。他の和歌集と違い、作者不明の歌が多数収録されていて、貴族や僧侶だけではなく庶民が詠んだであろう歌もたくさん紹介されている。

10　和歌について説明します

『古今集』仮名序より　紀貫之

やまとうたは　人の心を種として
よろづの言の葉とぞなれりける
世の中にある人
ことわざしげきものなれば　心に思ふことを
見るもの聞くものにつけて
言ひ出《いだ》せるなり
花に鳴く鶯《うぐひす》　水に住む蛙《かはづ》の声を聞けば
生きとし生けるもの
いづれか歌をよまざりける

人の心は、種。
それは無数の言葉として花開く。
日々の出来事、出会いの中で
感じた気持ちを言葉に託す。
心が動いたすべての瞬間が、歌になる。
それが人である。それが、和歌である。

『古今和歌集』は、日本最古の勅撰和歌集（天皇や上皇が命じてつくられた歌集）であり、約1100首が収録されている。これは、紀貫之が書いたその序文（はじめに）。

ちょこっと解説

和歌集ってなんですか

和歌というのは、いつの頃からか日本にあった「日本固有の文化」だそう。漢詩は中国から入ってきたものだけれど、和歌は日本独自の文化なのだ。5・7・5・7・7、足して31音。そこに、さまざまな情景や思いを込めてうたう。

和歌集として一番古いものが『万葉集』。いつ誰がつくったものかわからないけれど、奈良時代には存在していた歌集で、約4500首の歌が収録されている。

その後、平安時代になって「勅撰《ちょくせん》和歌集」という、天皇や上皇が命令してつくらせた和歌集が生まれる。いわば、「国家プロジェクト」としてできた和歌集たちだ。

その第1弾が、913年頃にできた『古今《こきん》和歌集』。醍醐《だいご》天皇が発起人《ほっきにん》となり、紀貫之《きのつらゆき》たち4人の貴族が編纂《へんさん》（編集）した。そのあと第2弾『後撰《ごせん》和歌集』、第3弾『拾遺《しゅうい》和歌集』と続き、これらはあわせて「三代集」と呼ばれている。

勅撰和歌集はそのあと室町時代までつくられ続けたそうで、全部で21になった。

代表的な歌人はたくさんいるけれど、たとえば紀貫之は、『古今和歌集』の序文で在原業《ありわらのなり》平《ひら》、僧正遍昭《そうじょうへんじょう》、小野小町など6人を歌名人として挙げ、のちに彼らは「六歌仙」と呼ばれるようになっている。

その後、藤原公任《ふじわらのきんとう》という人が紀貫之、藤原兼輔《ふじわらのかねすけ》、伊勢《いせ》、斎宮女御《さいぐうのにょうご》といった36人を歌名人として取り上げたことで、彼らは「三十六歌仙」として呼ばれるようになった……などなど、そんな形で和歌の世界にはたくさんの有名人がいる。

ちなみに、女性の歌もたくさんあるのだけれど、とにかく名前が読みづらい。たとえば大《おお》伴坂上郎女《とものさかのうえのいらつめ》とか、藤原俊成女《ふじわらのとしなりのむすめ》とか。

というのも、当時は「本当の名前は表に出してはいけない」という文化があったので、彼女らも本名ではなく、誰々の娘だとか、○○式部といった形の名前になっている。

ちなみにちなみに、「詠み人知らず」といって、作者がわからない、もしくは隠している歌もある。いったい誰がどんなときに書いたんだろうなーと思うと、これはまた妄想が広がる。編集した人や時代背景によって和歌集の「雰囲気」のようなものもぜんぜん違っていて、とっても壮大な世界だ。

最後に。「俳句」というのは、明治時代から「5・7・5」の形で詠まれる歌のことをいうようになったらしい（以上、細かいところはコトバンク調べ）。

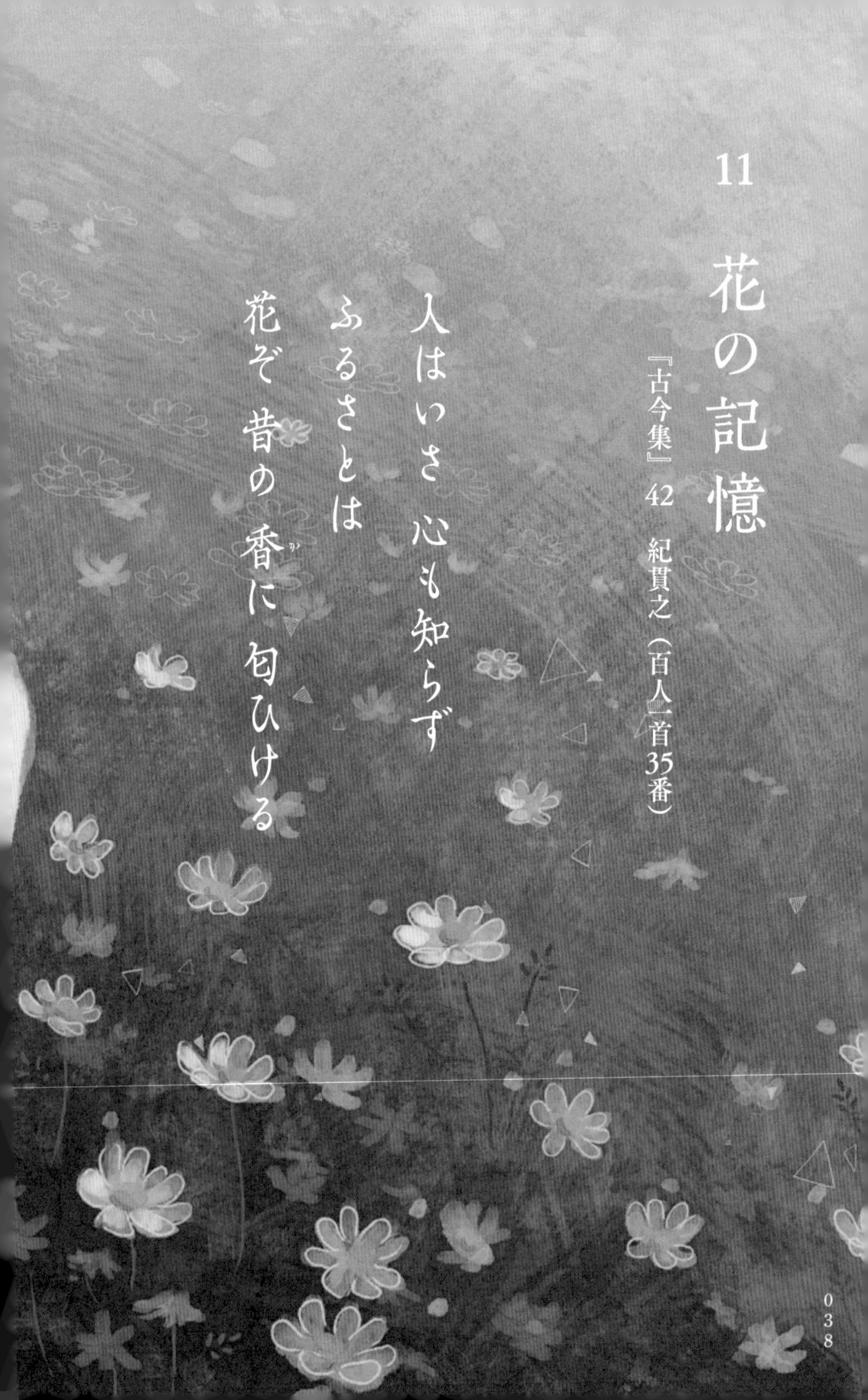

11

花の記憶

『古今集』42　紀貫之（百人一首35番）

人はいさ　心も知らず
ふるさとは
花ぞ　昔の　香《か》に　匂ひける

人は、忘れちゃうんだ。
いろんなことを。
世の中なんて、飽きっぽいもんさ。

俺ももうずいぶん、
いろいろ忘れてしまった気がするよ。
あなたはどうだい？

でもさ、花の香りだけは変わらないんだ。

この花は、昔、ここで香ったのと同じ。
いいにおいがするよ。

紀貫之は、役人としては出世しなかったものの、『古今和歌集』の編集者に選ばれ大ブレイクした歌人（女性のふりをして書いた『土佐日記』の作者でもある）。この歌は、久々に訪れた宿屋で、主人とのやりとりで詠まれた歌。

12

春と夏のあいだで

『古今集』139　詠み人知らず

五月《さつき》まつ　花橘《はなたちばな》の香をかげば

昔の人の　袖の香ぞする

夏が近づき、
この時期になると咲くタチバナの花。
この花の香りをかぐと
君が着ていた服の匂いを思い出す。
そして君のこと、思い出してしまうんだ。
そろそろ、夏。いつものこと。

奈良時代～平安初期の歌。当時の貴族はお香を焚き、その匂いを服に染み込ませていたという。タチバナは白い花で、柚子のような実をつける（花も甘酸っぱい香りがするらしい）。花言葉は「追憶」。

13 見渡せば

『新古今集』363　藤原定家《ふじわらのていか》

見渡せば
花も紅葉も
なかりけり
浦《うら》の苫屋《とまや》の
秋の夕暮れ

せっかく海に来たから
何かうたおうと思ったが、
あいにくここには何もなかった。

心がおどるような
美しい花も、紅葉もない。
だだっ広い海原に、あるのは、
ボロ小屋一つ。

でもさ。これはこれで、
いいのかもしれないね。

藤原定家は、鎌倉時代前期に活躍した歌人。『新古今和歌集』と『新勅撰和歌集』の編集者となり、「百人一首」も選んだ。この歌は西行法師（No.83・88）に頼まれて詠んだもので、「秋といえば」の定番要素をあえて否定。飾りけのない自然の風景に美を見出した歌である。

14 寂寂

『風雅集』746　永福門院

むらむらに
小松まじれる冬枯の
野べすさまじき
夕暮の雨

時刻は夕暮れ。
冬枯れているこの野原では、
小松だけが、ぽつん、
ぽつんと立っている。
そこに、雨がしとしと降る。
私の好きな冬景色。

小雨が降る冬の野原。寒いし寂しいけれど、なんだかそれがエモい。そんな感性が詰まった歌。いまは都会になってしまった場所も、かつてはそんな風景が広がっていたのかもしれない。

15

遠慮しておきます

『千載集』964 周防内侍《すおうのないし》（百人一首67番）

春の夜の
夢ばかりなる
手枕《たまくら》に
かひなく立たむ
名こそ惜しけれ

遠慮しておきます。
私があなたに腕まくらされたって。
ステキなうわさ話には
なりそうだけど、
ちょっと、ときめかないかも。
私、純愛派ですから。

周防内侍は、三十六歌仙の1人で、平安後期の女流歌人。貴族や女房たちが遅くまで話していたとき、周防内侍が「ねむいわぁ」とこぼしたところ、その場にいた大御所・藤原忠家《ただいえ》が「この枕で一緒に寝よう」と誘う。それに切り返した歌。教養人たちの美しいしゃれだ。

16 炎上した！

『後撰集』1211　詠み人知らず

つきもせず
うき言の葉の　おほかるを
はやく嵐の　風も吹かなむ

うわ〜〜〜〜。やば。まじ？
まだ炎上してるの!?
うわうわ、そんなことまで言われてるの？
いやいや、それはちょっと言いすぎじゃない？
なんなの!?　もう！　まじで！
誰かこの火、消してくださーい。

うわさ話で悩んでいた人の歌。炎上してしまった！という焦りと、意気消沈ぶりがなんだかかわいい。昔から人はゴシップ好きだったらしい。「詠み人知らず」にしたのは作者への配慮だったりして。

17 ムダに生きるな

『新古今集』1034　式子内親王（百人一首89番）

玉の緒よ
絶えなば絶えね
ながらへば
忍ぶることの
よわりもぞする

私よ、ムダに生きるな。
私は、この想いを墓場まで持ってゆく。
この恋心は、私の中だけにあればいい。
気持ちが弱るくらいなら、
命よ、いまここで果ててしまえ。

式子内親王は後白河法皇の三女。『新古今和歌集』を代表する女流歌人の1人。藤原定家（No.13）と恋仲だったという話もあるが、生涯独身をつらぬいたという。この歌のように「しのぶ恋（人知れぬ恋）」といえば式子内親王というほど代名詞になっている。

18 さようなら

『古今集』780 伊勢

三輪の山
いかに待ち見む
年ふとも
たづぬる人も
あらじと思へば

私は、もうここを出ます。

私を訪ねてくる人もいませんから。

「もう終わったんだ」。

そう決めた。

そうでもしないと、進めないから。


伊勢は、三十六歌仙の1人に数えられる女流歌人。恋仲だった藤原仲平《なかひら》への別れを決意した歌だが、まだ決めきれない様子。この三輪山は、奈良県の大神《おおみわ》神社の御神体で、さまざまな歌に登場するシンボル的な場所である。

19 愛とは

かはりたつ　すべて恨みのそのうへに
憂さあはれさは　仮のふしぶし

『風雅集』1257　花園院

ともに過ごして時間が経ち、
相手に対して恨みだけが残ったんだとしたら、
これまでの「好き」とか「つらい」とかって
感情もぜんぶ、仮のものだったんだろうね。
最初から「本物」じゃなかったってことさ。
愛って、なんなんだろうね。

花園院は、鎌倉時代末期の天皇。引退して上皇となり、『風雅集』という和歌集を自ら編集した。子どものときから学問が好きで、和歌や漢詩への教養が深い人だったという。

20 恋って大変

『拾遺集』641　詠み人知らず

音にのみ　聞きつる恋を　人知れず
つれなき人に　ならひぬるかな

「音に聞く」とはうわさで聞いたという意味。そんな恋をつれない人（しょーもない人）に教わってしまった……という歌。間違えてしまう恋も、いつの間にかかけ違えてしまう恋も、ある。

「好き」とか「嫌い」とか
「別れたい」とか「でも好き」とか……。

うわさには聞いていた。

へー大変だねーって、話半分に聞いてたけど、
マジだった。

つらいわー。

なんであんな人を
好きになっちゃったんだろう……。
私いま、あの人たちと同じこと、言ってるわ。

21 あふさかのヘン

ある夜のこと。藤原Yくんが私のところへ訪ねてきた。
彼は、「話の合う後輩」的な子なんだけど、その日は

「あ、忘れてた。今日は外出しちゃいけない日だったんだ！」

とかなんとか言って、そそくさと帰っていった。
え？　どゆこと？　と思ってたら、翌朝、彼はこんな手紙をよこした。

「昨夜はすみませんでした、鶏の鳴き声に急かされてしまって」

「鶏の鳴き声に急かされて……」って、出たわよ！　Yくんのおしゃれ教養アピール！　昨日の挽回をしようってわけね。いい度胸じゃない。

「鶏は鶏でも、あなたの鶏は、函谷関《かんこくかん》の鶏の鳴き声でしょ？（わからなければ『史記』を読んでね）」

って、書いて送ったわ（函谷関の話は中国の故事。孟嘗君《もうしょうくん》っていう人が敵に捕まってしまったとき、本当なら朝に鶏が鳴かないと開かない関所の門を、部下に鳴き声をマネさせて開けたっていう話。それをかけてヘンジをしたの）。

そしたらYくん、なんて言ってきたと思う？

「関所は関所でも、私の関は、あなたに逢いたい『逢坂《あふさか》の関』です」

って。まー、いやらしいわね！

でも、それで女性を口説こうって言うなら100年早いわ。

そのとき返したのが、この歌よ。

あいません

『後拾遺集』939　清少納言（百人一首62番）

夜をこめて
鳥の空音《そらね》に　はかるとも
よに逢坂《あふさか》の関はゆるさじ

和歌集にはその歌が詠まれた背景が書かれていることも多く、清少納言のこの歌もその1つ。逢坂の関は、東海道から京都に入るときの交通の要所だった関所のこと。Yくんは、のちの大納言・藤原行成《ふじわらのゆきなり》。かねてから仲がよく、こんなやりとりをして遊んでいたらしい。

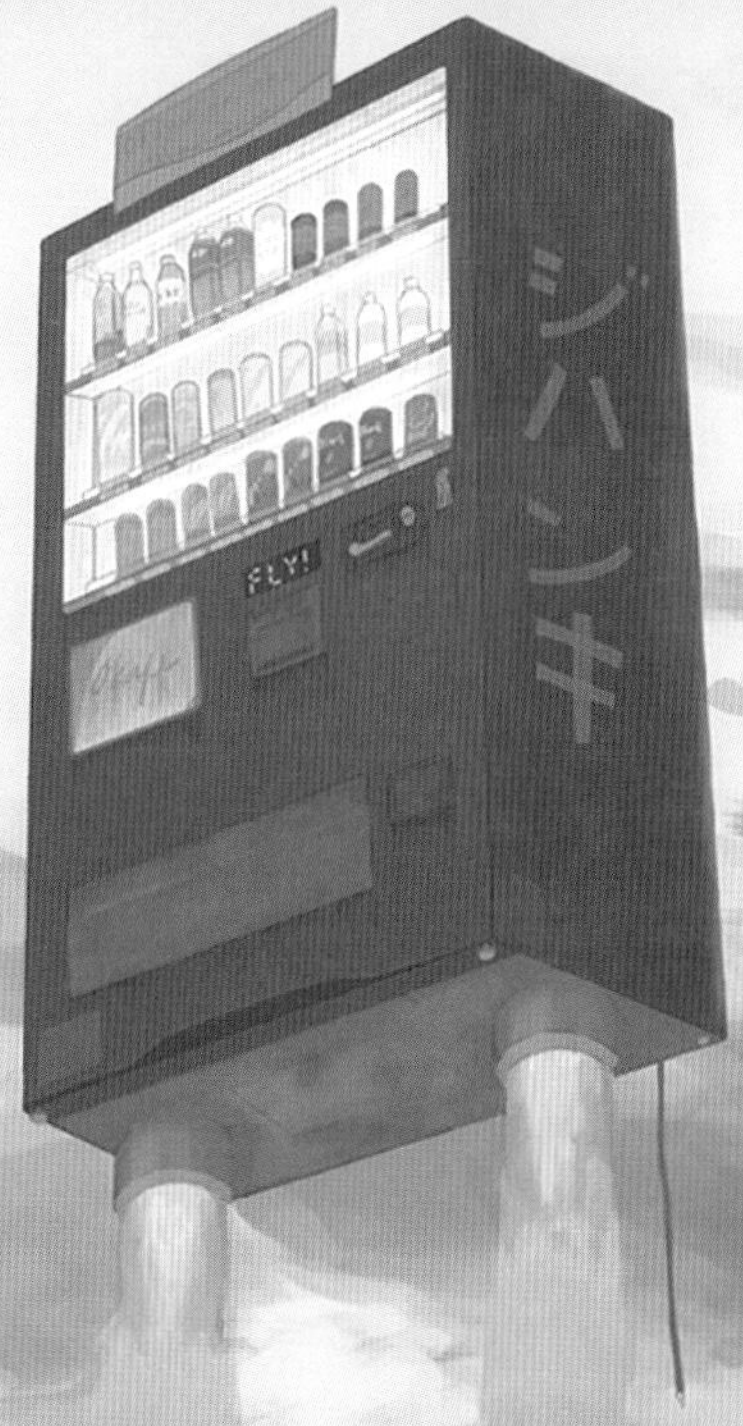

心ときめく素敵な口上を
ありがとうございます。

しかし残念です。
どれだけきれいな言葉で
お願いされても、
とりつくろわれても、

逢坂の関は、開きません。

そう。答えは「絶対NO」よ！
おあいにくさま！

2
章

不言色のエモ

Color of Iwanu-Iro

思っていることはいろいろある。
言いたいことはいろいろある。

でも、言えない。
言えないけど、言いたい。

だから、言えない気持ちを

音にした。
歌にした。
文にした。

22

桜なんて

『古今集』53　在原業平《ありわらのなりひら》

世の中に
たえて桜のなかりせば
春の心は　のどけからまし

桜なんて、
この世になければいい。
桜の花は、
人の心を惑わせるからだ。
美しく咲いて、
春を知らせ、一瞬で散ってゆく。
私はその姿に、人生を、
人の世を、重ねてしまう。
揺れ動くのだ。
だから、桜がなければ。
この春の心は、
もっと穏やかでいられるのに。

23 生きたかった

『後拾遺集』669 藤原義孝《よしたか》（百人一首50番）

君がため
惜しからざりし　命さへ
長くもがなと　思ひぬるかな

命とは儚いもの。
ゆえに、私はいつ死んでもいい。
そう本気で思っていた。
しかし、
今は君と1秒でも長く
ともに生きたいと、
そう願ってしまっているんだ。

うわさになるほどのイケメン。かつ仏教徒として熱心であったという藤原義孝が、想い人の元へ通ったときに詠んだ歌。しかし、義孝はこのあと病気になり、21歳で亡くなってしまった。

24 かつての都で

『後拾遺集』940　素意《そい》法師

ふるさとの　三輪の山辺を　たづぬれど
杉間の月の　かげだにもなし

かつての都で人を探していた。
すっかり暗くなってしまって、
月あかりもなかったさ。

結局、君も見つからなかった。

このへんはすっかり
暗くなってしまったよ。

平安の中期～後期。出家して僧侶となった素意が詠んだ歌。かつての都であった奈良に、人を訪ねたときのもの。過ぎゆく時間、時代の移り変わりを感じさせる歌である。

25

たましいの行方

『方丈記』3段　鴨長明《かものちょうめい》

知らず、生まれ死ぬる人、いづかたより来たりて、いづかたへか去る。
また知らず、仮の宿り、たがためにか心を悩まし、何によりてか目を喜ばしむる。
その、あるじとすみかと、無常を争ふさま、いはば朝顔の露に異ならず。
あるいは露落ちて花残れり。
残るといへども朝日に枯れぬ。
あるいは花しぼみて露なほ消えず。
消えずといへども、夕べを待つことなし。

人はどこから生まれて、どこへ行くのか。
なぜ人は、他人のことで悩み、また喜ぶのか。
わからないよ。ぜんっぜん、わからない。

この世に生きてること自体が
仮宿に住んでるようなもんなのにさ。
露が落ちた朝顔は、翌朝には枯れる。
朝顔がしぼんで残った露も、夕方には消えている。

それはただただ、自然の流れ。
そこに意味を求めてもしょうがないよね？

人生もそれと同じでしょうに。
それなのに、どうして。ああ、どうして。
なんだかなぁって、俺は思うよ。

同じように見える風景も、よく見れば変化があり、一定ではない。それこそがこの世の真理であり、人が求めるような意味など本来はない。そのような様を「無常」と呼び、鴨長明は人の世の虚しさをつづっている。

26 秘密

『新古今集』1160 和泉式部《いずみしきぶ》

枕だに
知らねば言はじ
見しままに
君語るなよ　春の夜の夢

はぁ……。

何もかもが、素敵だった。

「これ夢？」って思うことが、本当にあるんだね。

だからこそ、あの日のことは秘密にしよう。

誰にも言えない２人だけの秘密。

もう二度目はないと思うから。

和泉式部は平安中期に活躍した時代を代表する女流歌人の1人。不倫による身分違いの恋、死別、さらにその弟との恋……と、話題に事欠かない人生を送った。その感性と妖艶《ようえん》さはすさまじい。エッセイ『和泉式部日記』も残している。

27 こむVSこじ

『万葉集』527 大伴坂上郎女《おおとものさかのうえのいらつめ》

来むと言ふも 来ぬ時あるを
来じと言ふを 来むとは待たじ
来じと言ふものを

もう〜イヤになっちゃう。
だって、ただでさえあなたは
「行くよ」って言っても
来ないときがあるのに。
「行けない」って言われたら、
それは絶対来ないってことじゃん。
いや、わかるよ。わかるんだけどさー、
来てよ！
そこはさ。察して、無理して、来てよ！
もうっ！　もうっ！　ニャン！

『万葉集』を代表する奈良時代の女流歌人・大伴坂上郎女。女性としてはもっとも多い収録数で、このように遊び心満載の歌も。大伴旅人（No.50）の異母兄妹でもある。

28 吠える、鳴く、か細く

『千載集』333　藤原俊成《としなり》

さりともと
思ふ心も虫の音も
弱りはてぬる　秋の暮かな

俺は、こんなところでは終わらない。
まだまだ、飛べる。先に行ける。

そんな熱も、すっかり
なくなってしまったこの頃。

命の終わりかけた虫たちが、
弱々しく鳴いている。
あの声は、
俺の声なのかもしれない、と思う。

『千載和歌集』の編集者・藤原俊成。そこに収録された歌から。勢いがあった頃と、晩年の落差との哀愁がただよってくる。ちなみに彼の息子が藤原定家（No.13）であり、娘（養女）の藤原俊成女《ふじわらのとしなりのむすめ》（No.63）も多数の名歌を残した女流歌人である。

29

あかしくらし

『後拾遺集』529　藤原伊周《これちか》

もの思ふ
心のやみし
暗ければ
あかしの浦も
甲斐《かひ》なかりけり

九州に向かう途中に立ち寄った場所、
ここいらは、「あかし」というらしい。
いい土地だよ。名前も明るい。
ただね、お先まっくらな俺には、
なんて皮肉な場所だと思うよ。
せっかく来れたところ、悪いんだが。
あかしで、俺は、くらし。

藤原道長との政治争いに敗れ、太宰府に左遷されてしまった藤原伊周が詠んだ歌。「明かし」と「闇」「暗い」が対比されている。のちに出てくる藤原定子の兄である。

30 旅の終わりと始まり

『笈日記《おいにっき》』 松尾芭蕉

旅に病《やん》で
夢は枯野を
かけ廻《めぐ》る

ずーっと
旅ばっかしてきてよ。
俺はたぶん死ぬけど
夢の中でも
旅を続けると思うんだ。
楽しみだな。

江戸前期の俳人、松尾芭蕉。全国を旅しながら1000以上の作品を残した。この句は、旅の途中で病気をわずらっているときに詠まれ、その4日後に亡くなったと言われている。

3
章

紫式部のエモ

Color of Murasaki-Shikibu

紫式部色。
それは、小さな樹の実が由来の色。
いくつもの小さな命が
折り重なり、つむいできた複雑な色。
紫式部から始まる愛の物語。

31

再会とお別れ

『新古今集』1499　紫式部（百人一首57番）

めぐり逢ひて
見しやそれとも
わかぬ間に雲がくれにし
夜半《よは》の月影

せっかく再会できたのに、
もうお別れ。
それは、月が雲に
隠れてしまうときのように、
あまりにも一瞬の出来事。
時空を超えてしまったのかな。
楽しかったな……楽しかった。

『源氏物語』作者の紫式部の歌。仲よしの幼馴染に久々に出会えたものの、すぐに別れのときがやってきた。そのときにうたわれたものだという。

32 心のつかえ

『紫式部日記』より

12歳という年齢で帝《みかど》に嫁いだ彰子《しょうし》さまが、ようやく、お子を授かられた。いよいよ、ご出産の日も近い。この日を待ちに待っていたお屋敷は、これ以上ないほど祝賀ムードだ。野生の見栄えのいい菊をわざわざ根から掘り起こして、庭に埋めている。白から紫へグラデーションのようになっているところもあれば、一面黄色と、上手にデザインされている。朝、霧がかった庭に朝日が差し込んだときの、光を浴びた菊たちの幻想的な彩り。その美しさといったら「老いも逃げ出す」というもの。

……でも、私には「心につかえているもの」がある。この胸の奥底にあるつかえがなんなのか、私にもわからないのだ。

夫が亡くなり、私は物語を書くようになった。

その物語が評判となり、私はこのお屋敷に呼んでいただけた。道長さまに声をかけていただけて、そのご息女、彰子さまに仕えるようになった。そして、帝との関係に苦労されていた彰子さまが、ついにご懐妊された。これからますます、この家は栄えていくだろう。

夫に先立たれ、娘を抱えたいまの私には、これ以上ない環境だ。

しかし、どうしてだろう。私はずっと、憂いている。

寂しいとか、哀しいとか、そういう感情ではない。もっと不確かで、つかみどころがなく、ぼんやりとしている感覚。「なんだか心が重い」のだ。まるで呪いのよう。

素晴らしいことが起きても、私はそれを心から楽しむことができない。

嬉しいことを嬉しいと、楽しいことが楽しいと、そんなふうにもっと単純に受け止めることができたら、よかったのに。世間との温度差に、またため息が出る。

いや、そんなことではいけない。この身の上を嘆くなど、なんて罪深いんだ。……ああでもない、こうでもないと考えていたら、夜が明けて、またため息が出た。

外を見ると、水鳥たちが無邪気に遊んでいた。

私は、思わず歌を詠んだ。

浮いている

水鳥を　水の上とや
よそに見む
われも浮きたる
世をすぐしつつ

水鳥たちが遊んでいる。
水面《みなも》に浮いている。
それを見ている私も、浮いている。
この世界の中で。

浮いて、憂いて、
地に足がつかないのだ。

あなたたちも浮いているの？
それとも憂いているの？

私は、自分の心がよくわからない。

無邪気に遊んでいるように見える水鳥たちも、本当はつらい身の上があるんだろうと、一見恵まれた環境にいる自分とを対比、重ねた歌。紫式部が心の内を語った数少ない歌である。

33 オシあう2人

『枕草子』286段より　藤原定子《ていし》&清少納言

いかにして　過ぎにしかたを　過ぐしけむ
暮らしわづらふ　昨日今日かな　（定子）

ねーねー、いつ帰ってくる？
あなたがいないとぜんぜん楽しくないのよ。
寂しいわっ　ラブ

雲のうへも　暮らしかねける春の日を
ところがらとも　ながめつるかな　（清少納言）

私のほうは1日が長くて長くて……。

（宮中にいるときでさえ長く感じるのに）

「それはこんな寂れた実家にいるからだわ！」

とショボンです。


『枕草子』のエピソードより。清少納言は藤原定子という人に仕えていたが、用事で数日実家に帰っていた。そのとき、定子が寂しがってこんな歌を送ってくれた（かわいいでしょ？）という一幕。

34
受け継がれる想い

koto

清少納言と紫式部といえば、その名前を知らない人はいないだろう。

清少納言は『枕草子』の作者であり、いまでいうなら人気エッセイスト。一方の紫式部は長編小説『源氏物語』の作者であり、直木賞作家のようなものだ。

この2人は同時代に生き、ライバル関係にたとえられるが、実は一度も顔を合わせたことはないと言われている。なぜなら、彼女たちはそれぞれ別の主人に仕えており、宮中にいた年代も微妙に違ったからだ。

清少納言の仕事は、藤原定子《ふじわらのていし》の女房（付き人）だった。定子は、当時の一条天皇の妻であった人だ。定子の父は、大貴族の藤原道隆《みちたか》。あの藤原道長を弟に持ち、兄弟でバチバチの権力争いをしていた。「どちらが貴族として頂点に立つか？」という戦いだ。

そんな中で、定子は一条天皇に嫁いだ。典型的な政略結婚である。

……ところが!!　定子と一条天皇は政略など関係なく本気で愛し合い、相思相愛の夫婦になる。当時としては異例の「純愛」で結ばれていたのだ。

ただ、これからというときに定子の父・道隆が病気で亡くなってしまい、あとを継ぐはずだった兄・伊周《これちか》も失脚してしまう（No.29参照）。一気に後ろ盾をなくした定子は出家せざるを得なくなってしまったのだ。

しかし！ このとき、一条天皇は超イレギュラー対応で定子を無理やり呼び戻す。殺伐《さつばつ》とした宮中で、2人をつないでいたのは「もはや愛だけ」というなんだかすごい状況になったのだ。それほどまでに2人の絆は深かった。

実は、清少納言が本格的に『枕草子』を書きはじめたのはこの頃だったと言われている。つまり、主人である定子が窮地《きゅうち》に陥った頃に『枕草子』は生まれたのだ。

その何がすごいって、『枕草子』は終始しゃれていて、とにかく明るいからだ。エピソードには定子がたびたび登場し、「ほんと定子さまってかわいいの！」を連発。宮中での出来事や小粋なやりとりがつづられていく。先行きが暗い状況など見せずに、定子や清少納言のきらめきがここぞとばかりに凝縮されている作品なのだ。

一方、紫式部が宮仕えを始めたのは、それから数年後のことになる。彼女はすでに『源氏物語』の作者として有名で、藤原道長にスカウトされて宮中に入った。紫式部の仕事は道長の娘・彰子《しょうし》の女房だった。

ただ、宮中は女性ばかりの職場。そこに鳴り物入りでやってきた人気作家の紫式部。そのため、働きはじめた当初はかなり居心地が悪かったようで、出社拒否になった時期があるらしい。何日というレベルではなく、何ヶ月も。ただ、だんだんと処世術を身につけられたようで、仕事の一環として書いた日々の記録が『紫式部日記』だった。

紫式部がいた当時の宮中には、すでに定子や清少納言の姿はなかった。紫式部がやってくる数年前に定子は亡くなり、同時に清少納言も宮中を去っていたからだ。代わりに残されていたのが、『枕草子』だった。『枕草子』は貴族たちのあいだで一大ブームになっていたという。

だからか、『紫式部日記』には「教養がない」など清少納言への悪口も書かれている。ただの感情的な攻撃にも見えるのだが……紫式部はミーハーな貴族たちに「もう定子はいないのだ(彰子の時代なのだ)」と伝えたかったのでは？　という見方もある。主人の彰子を応援することで、自分の「心のつかえ」をとろうとしていたのかもしれない。

では最後に。紫式部の主人である彰子はどんな人だったのか？

彰子は藤原道長の娘であり、政治的には定子と敵対関係にあった。だが、彰子も政略結婚を強《し》いられた女性であり、なんと12歳で一条天皇に嫁がされている。

あまりにも幼い年齢に加えて、一条天皇は一途《いちず》に「定子ラブ！」だったので、彰子と一条天皇の関係は長いことうまくいっていなかった。

そんな中で定子が亡くなってしまうのだが……なんと。彰子はこのとき、一条天皇と定子の子どもを預かり、育ての母となる。わずか14歳にしてだ！

その後、彰子が18歳の頃に紫式部がやってきて、さらに数年後。彰子21歳のときに一条天皇の子を授かり、道長念願の男の子が生まれる。

さらに10年ほど経つと、一条天皇は流行り病《やまい》をわずらい、後継者問題が浮上した。誰もが彰子の子である敦成親王《あつひらしんのう》を推す中、彰子だけが、14歳で預かった定子の子・敦康親王《あつやすしんのう》を推薦し、父・道長に直訴した。自分の意志と、愛を示したのだ。

しかし流れは変わらず、敦成親王が後一条天皇として即位するのだが、以後、彰子は宮中で実力を発揮。紫式部、和泉式部（No.26）、伊勢（No.18）といった才能ある女性たちをサポートし、和歌や文学のあたらしい世界を切り開いていった。彰子は短命の時代にあって87歳まで生き、家族たちの旅立ちを見守っていくことになる。

いまから千年前。さまざまな理不尽に巻き込まれながらも、彼女たちはそれぞれに自分の愛を貫いた。まるで命のバトンをつなぐかのように、定子から彰子へ、清少納言から紫式部へ。そして彼女たちの生みだした和歌や文学は現在までつながってきた。彼女たちが「ここにあった」という魂の系譜を、いま私たちは読んでいるのだ。

35 愛の果て

『後拾遺集』536　藤原定子

夜もすがら　契りしことを　忘れずは
恋ひむ　涙の色ぞゆかしき

もしも私が死んだら。
あなたは
覚えていてくれるかな？
ともに過ごした時間を。
私のことを。

もしもそうなったら、
あなたがどーんな泣き顔を
するのか、ちょっと楽しみだな。

私は、忘れないからね。
ありがとう。

『栄花物語』に収録されている定子の歌。定子は政治的に追い詰められた状況で、第三子を出産直後、24歳で亡くなる。自身の死を予感し、一条天皇に向けてこの歌を遺した。彼女の死後、一条天皇は定子の妹と関係を持つなど、最期まで引きずり続けた模様。その関係を依存と呼ぶのか、純愛と呼ぶのか。私たちにはわからない。

36 その先

『千載集』555　藤原彰子

一声も　君につげなむ　時鳥《ほととぎす》
この五月雨《さみだれ》は　闇にまどふと

ほととぎすよ。
あの子に言伝《ことづて》をお願い。
「私はいま、闇にまどっている」と。
いつ止むのかも
わからない雨にうたれながら。
この雨は、身にこたえる。
この雨は、心が凍える。

彰子の歌で、息子である後一条天皇が29歳で崩御した（亡くなった）ときのもの。ほととぎすは「死の峠を超える鳥」と言われており、息子への伝言をたのんでいる。「闇に惑う」とは、「子どものことで悩む」という意味で、紫式部の曽祖父（No.37）の歌にかかっている。

37

子を思うゆえに

『後撰集』1102　藤原兼輔《かねすけ》

人の親の心は闇にあらねども
子を思ふ道に　まどひぬるかな

自分のことは、
冷静に考えられるんだよ。
なのに親というのは、
子どものことになると、
バカみたいに迷う。
惑う。悩む。
これでいいのかなって思うと、
もうぜんぜん自信がないよ。

宴会行事のあと、子を持つ人たちが二次会でお酒を呑んだ。そのときに出たのが子育ての悩みだった。この歌から、親が子どものことで悩むことを心の闇というようになったという。作者は藤原兼輔。紫式部の曽祖父である。

38

人ができること

『拾遺集』263　藤原朝忠《あさただ》

万世《よろづよ》の
はじめと今日《けふ》を
祈りおきて
いまゆくすゑは
神ぞ知るらん

新たな時代の幕開けに。
新たにはじまった、今日という日に。
私は、祈りを捧げましょう。
この大自然に。大いなる神々に。
この国に。

その行く末は、神のみぞ知るもの。
だから、ただ祈るのです。

作者は平安中期の貴族で、三十六歌仙の1人である藤原朝忠。彼が伊勢神宮に神事で参拝したときに詠まれた歌。
いつの世も、人は祈ることくらいしかできない。しかし、それで充分なのかもしれない。

菓
和三盆
Espresso
Cafe latte

39

なまめかしい花だよ。まったく

『古今集』1016　僧正遍昭《そうじょうへんじょう》

秋の野に　なまめきたてる
をみなへし　あなかしがまし　花もひと時

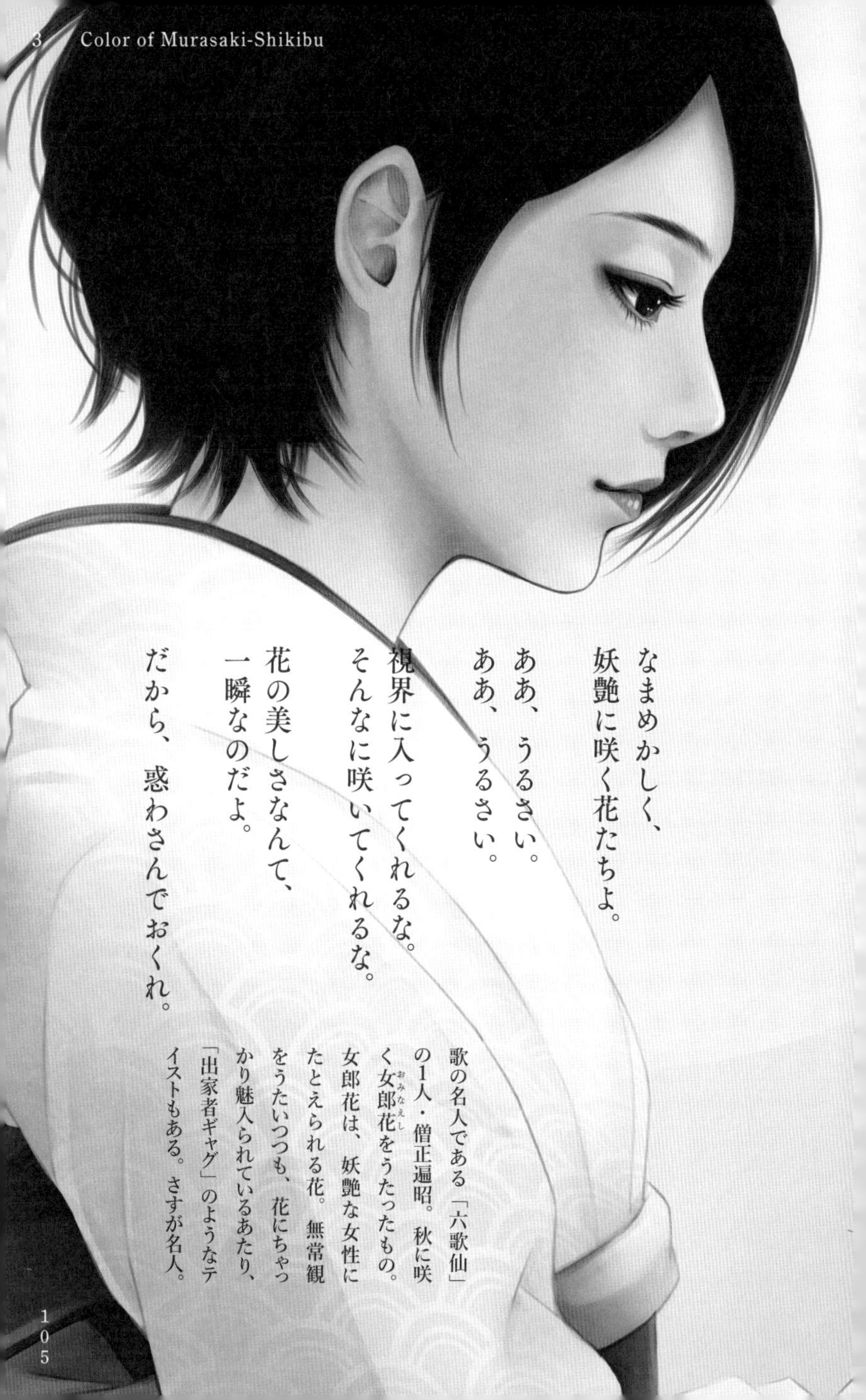

なまめかしく、
妖艶に咲く花たちよ。
ああ、うるさい。
ああ、うるさい。
視界に入ってくれるな。
そんなに咲いてくれるな。
花の美しさなんて、
一瞬なのだよ。
だから、惑わさんでおくれ。

歌の名人である「六歌仙」の1人・僧正遍昭。秋に咲く女郎花《おみなえし》をうたったもの。女郎花は、妖艶な女性にたとえられる花。無常観をうたいつつも、花にちゃっかり魅入られているあたり、「出家者ギャグ」のようなテイストもある。さすが名人。

40　あなたはもしや

『後撰集』1195　小野小町

岩のうへに　旅寝をすれば　いとさむし
苔の衣を　われにかさなむ

私しばらく旅寝だから
寝具が心もとなくて寒いんです。
ねぇそこのお坊さん、
あなたの服を貸してくださいな。

41
ばれた？

あいにくだが、世捨て人の私の服はこれ一着。
かと言って、貸さないのもあまりに非道。
ですから、どうでしょう。
今夜は一緒に
肌を寄せ合って寝ませんか？
うっへっへっ

世をそむく　苔の衣はただ一重
かさねばうとし　いざふたり寝む

『後撰集』１１９６　僧正遍昭

旅中だった和歌の達人、小野小町。その道中、偶然にも石上寺《いそのかみでら》という寺に、出家して行方のわからなかった僧正遍昭がいるといううわさを聞く。本当に僧正遍昭かどうか試すためにうたい、それに僧正遍昭が返した。デュエットである。

42 静御前ファンクラブ会報

私はその日、いや、その何日も前からワクワクしていた。

なんでも、頼朝《よりとも》さまが三島神社へ参拝する前に、日本一と名高い白拍子《しらびょうし》を呼んで、かの鶴岡八幡宮で舞わせるっていうじゃない。

その白拍子は「静御前《しずかごぜん》」といって、頼朝さまの弟である義経《よしつね》さまの、かなりラブな女性だったらしい（白拍子の人って、だいたいそうなのよね。超美人だし）。

みなさんご存知のとおり、義経さまは頼朝さまに追われてたでしょ？　だから、奈良の吉野山（それもかなり奥のほう）で静御前さんと別れたらしい。「お互い出家して、また必ず会おう」みたいな。感動的なお話よね。

でもね、聞いたらこれが超〜ひどい話。

静御前さんが京都へ向かう途中、彼女の護衛をしてた人が何人かいたらしいんだけど、その人たちがみーんな逃げちゃったんだって。義経さまが彼女に渡した金品を奪って、そのままさよなら。彼女は山奥で置き去りだって。

愛する人には捨てられて、居場所もわからない場所で置き去り。それから2日も山道を歩いて、やっとの思いでなんとかってお寺にたどりついたらしいんだけど、そこで正体がばれちゃって、ここ鎌倉へ連れられたって話らしい。人間って怖いよ。

「それだけなら」なんだけど、話はそれだけじゃなかったの。

実はね。彼女、妊娠してたんだって（もちろん義経さまの子よ！）。

で、怖いのはここから。妊娠を知った頼朝さまは、こんなことを言ったらしい。

「子が女なら、預かる。男なら、殺せ」って。

思わず悲鳴が出たよ。えらい人って、まじで頭の中どうなってるの？　……な〜んて、口が裂けても言えないけど、よくそんなこと言えるよね（ふつう言えないよね⁉）。

もちろん、その男の子があとで復讐にでも来たら大変っていう話なんだろうけど……（頼朝さま自身が同じような生い立ちというのもあるかもしれないけれど）。

とにかく。その話を聞いたとき、私は思わず祈っちゃったよ。どうかどうかその子が、女の子でありますようにって。

それでそのあとすぐ、子どもは無事に産まれたらしいんだけど。

男の子。だったんだって。


「あああ男の子かぁ！」って、思わず声出しちゃったよ。

もうつらい。いま想像しても胸が張り裂けそうよ。

こういう時代でしょ。だからもちろん容赦なんかなくて、武士が産まれたばっかりの子をどこかに連れ去ったらしい。そのあとを静御前さんのお母さまが追っていったらしいんだけど、見つけたときには、すでに冷たかったたんだって。

静御前さんの気持ちを考えると……悲しいやら怒りやらもうわからなくなってくるわ。

人の命をなんだと思ってるのか。本当に不憫《ふびん》。不憫すぎる。

……で。そんなひどいことがあった上で、静御前さんは頼朝さまに呼ばれたらしい。日本一の舞いを、頼朝さまが見たいってそういう話。

＊

それでですね。みなさま。ここまでが静御前さんを見るビフォーの話（私、見る前から大ファンになっちゃったんだけど）。で、ここからがアフターの感想。

一言。

やばかった。

自分の語彙《ごい》のなさが悔しいけど、それ以外に言葉が思いつかない。

彼女が出てきた瞬間、空気が止まったの。

ピタッって。

みんな釘付けよ。私同じ女性なのに、息をのむ美しさだった。衣擦《きぬず》れの音が聴こえてくるくらい静かで。そろっ、そろっ、って舞台に歩いてきたのね。

その姿を見て最初に感じたのが、「うわっ、顔小さっ！」「何、このオーラ⁉」「なんか、白い！よくわかんないけど白い！　まぶしい！」っていうこと。

そのあとは、「秒」ね。

少しも目が離せなくて、気づいたら終わってたの。

ありえる？　笛が鳴り始めて、鼓《つづみ》の音がしだした。

あ、いよいよ始まるんだなーと思ったら、次の瞬間には、「もう終わってた」のよ。

息をするのも忘れるくらい。いや、っていうか、本当に忘れた気がする。

日本一だって言われるのも大納得。いや、大賛成です。

あーーーーー、いま思い出しても、ドキドキする！

最後、彼女が詠んだ歌があるんだけど、それがまたよかった（よかったよね!?）。なんていうかな。彼女のいろんな思いが、ギュッとそこに凝縮されてたよね。

本当に見れてよかった……。できれば、もっと見ていたかった……またいつか見たいなぁって、まぁそれでこの会ができたわけですけど。控えめに言っても、「伝説」でしたね。いまどこにいるんだろう。

＊

みなさんお久しぶりです。続報です。聞いたところによると、静御前さんはそのあと出家したそうで。その1年後に亡くなってしまったらしい。19歳だったたって。

美人薄命とはいえ、やりきれない話。言葉がないです。

義経さまには会えたのかな？　会ったら、なんて言ったんだろう。

私はね、個人的に彼女に言いたい。「本当に、ありがとう」「おやすみなさい」って。

『義経記』巻5～巻6より

〈ちょこっと解説／義経記〉

義経記《ぎけいき》は、室町時代にできたという物語集。源頼朝の弟である源義経の生涯とその仲間たちのエピソードを描いた作品。全8巻構成で、序盤は義経の子ども時代を中心に、彼の伝説的なエピソードや、弁慶との出会いなどが描かれている。そして後半は、平家を討伐してからの話。

といっても、平家との戦いはほとんど描かれておらず（ほんの数行）、頼朝に追われるようになってからの話がメインになる（義経が追われた理由は、「壇ノ浦《だんのうら》の戦い」で好き勝手に暴れ回って、しかもそのあと無断で後白河法皇《ごしらかわほうおう》から官位をもらってしまったりで、頼朝を激怒させたから）。

その逃亡劇の中で出てくるのが、義経の愛人であった静御前のストーリー。

義経一行は追手から逃れ、奈良県の吉野山に入る。……のだけれど、弁慶が「女性を連れていては身動きがとりづらい」とかなんとか言って、泣く泣く静御前と別れることになる。そして、静御前は悲劇の運命をたどってしまう。静御前は舞台で舞い、最後に2首の和歌を詠む。義経を想う内容に頼朝は大激怒。

一方で妻・政子は感動したらしい。

ちなみに、義経たちはそのあと奥州《おうしゅう》（東北）へ逃げるんだけど、最後には妻子たちと自害して物語は終わる。あくまでも「創作」だから、どこまでが事実かはわからないけど、静御前という人（あるいはモデルになった人）の想いは、深く切ない。

43 しづ、しづ、しづ

しづやしづ　しづのおだまき　繰り返し
昔をいまに　なすよしもがな

吉野山　峯の白雪　ふみわけて
入《い》りにしひとの　あとぞ恋しき

静よ、静よ、静よと。
あなたが名前を呼んでくれた日々を、
私はずっと、
胸の中で繰り返している。

あの日、
あなたのあとを追えたなら。
時間を巻き戻せたら。

ムダだと、無理だったと
わかっているのに、
そう考えることをやめられない。

もう一度、あなたに会いたいの。
ただ。それだけ。

4章

苔色のエモ

Color of Koke-Iro

苔《こけ》むすまで。

それはきっと、
「古くなる」ということではない。

時間をかけて、じっくりと、
ゆっくりと育むための期間なのだ。

そして、
成熟した思い、力は、
静かに、花開いていく。

44 祈り

『古今集』343　詠み人知らず

我が君は　千代に八千代に
さざれ石の　巌《いはほ》となりて
苔のむすまで

「君が代」のもととなった歌。さざれ石とは小石のことであり、巌とは大きな岩のこと。永遠にも近い長い期間をともにありたいという、祈りが込められているのかもしれない。

この土地の守り神さまへ。
私たちの小さな命が、この魂が、
どうかどうか、この先、この地で、
何百、何千、何万年と、
ともにあれますように。

いまはこの小さな石が、大岩となって
苔をまとうようになるその時まで。

それは、小さな私たちの祈り。

45

おもかげ1

『後撰集』598　詠み人知らず

うつつにも
はかなきことの　あやしきは
寝なくに　夢の見ゆるなりけり

「あやしい」は、古語では「不思議」「神秘的」「珍しい」などの意味で使われる言葉。夢とは、神秘。恋もまた、神秘。ああ、乙女心。

私はいま、
眠ってもいないのに、
夢を見ている。
起きているのに。
目は開いているのに。
あなたの夢を見ている。
はかない夢を。

46

おもかげ2

『風雅集』1026　進子内親王

ねられねば
夢にはあらじ面影の
心にそひて　見ゆるなりけり

「眠ってもないのに、夢を見ている」
っていう歌があるけれど、
私はいま、ぜんぜん眠れない！
眠れないんだから、夢じゃないよね。
これ、完全にリアルよね。
あの人の顔が、姿が、
心にピタッとくっついて、ぜんぜん離れない。

進士内親王は、永福門院（No.7・14）のめいで、『枕草子絵巻』（『枕草子』に絵をつけた作品）の作者ともいわれる女流歌人。この歌は「本歌《ほんか》取《ど》り」といって、先人の歌をアレンジしてうたう手法。乙女心が爆発している。

47 その後の景色

『風雅集』1023　進子内親王

今朝よなほ
あやしくかはる　ながめかな
いかなる夢の　いかがみえつる

今朝起きると
見えるものすべてが変わってしまった
どうなってしまったんだろう
昨日までの私はもういない

No.46と同じ進士内親王。「初めて想い人と結ばれたときの、翌朝の気持ち」というお題で詠まれた歌。恋に恋する乙女が、だんだんとオトナになっていく。価値観がガラッと変わる瞬間。ああ、人生。

48 小野篁《おののたかむら》が天才すぎた件

時は平安の初期、嵯峨《さが》天皇の時代の話。宮中に小野篁《おののたかむら》という人がいた。篁は天才学者と名高く、篁の父もまた大学者だった。……しかし、かつてはどうにもわんぱくで、乗馬に明け暮れる日々だったという。見かねた嵯峨天皇からは、「立派な父を持っていながら、どうしてお前は勉強をせんのだ」と小言をいわれる始末……。

だが、この言葉を天皇からのエールだと受け取った篁は、それから鬼のように学問に精を出し、いまでは「優秀すぎる」と、宮中ではよくも悪くも目立つ存在となっていた。

その活躍ぶりはすさまじかったようで、「アイツ、夜は閻魔《えんま》さまの秘書として宮仕えしてるらしいぞ……」という妙なうわさが立つほどだった。

さて、そんな篁。ある日、嵯峨天皇に呼び出される。

何を頼まれたかといえば、「この札を読め」と、宮の前にぽつんと立てられていた札を指差した。

札には「無善悪」と書かれていた。

「この謎めいた札。お前なら読めるだろう？」と言われた篁は、こう返す。

「はい。読むことはできます。しかし、読むことはできません」

「何を言っておる。読めるなら読まんか。なんと書いてある」

「いや……しかし……」「いいから読め」……と、押し問答を繰り返し、折れた篁は仕方なく札を読んだ。

「この札には、〝陛下がいなければよい〟と。そのように書いてあります。呪いの言葉にございます。ゆえに、私は読めないと申し上げました」


　札に書かれた「無善悪」。これは、一種の謎解きである。ポイントは「悪」の字で、悪とは、「悪《あ》し」。これは人の「性《さが》」をあらわす言葉だ。つまり、「サガ」が、「無くて」「善《よ》し」と書いてあるのだ。……その意味は、「嵯峨天皇がいなけりゃいい」だった。

「なんと無礼な！　このような難解な札……書いたもの以外に読めるはずがなかろう。お前が書いたのではないか？」

（だから読めないって言ったじゃん……）という心の声をおさえ、「いえ、断じて私ではございません」と否定をした。

　すると、嵯峨天皇はこんな質問をしてきた。

「……そうか。そうかそうか。では、お前は自分が書いていないものでも何でも読めると申すか」

「はい、読めるかと思います」

「わかった。では、これを読め」

子　子　子　子　子　子
子　子　子　子　子　子

嵯峨天皇は、こう書かれた紙を見せた。

「読めるだろう？」

「子」と12個書かれた文書。天皇は、悪い顔をしてニヤリと笑っていた。すっとぼけていたが、嵯峨天皇は漢文に詳しい博学者だった。つまりこれは、嵯峨天皇からの「挑戦状」である。しかも、決して失敗は許されない挑戦状だ。

だが、篁はまったく臆することなかった。

「ふむふむ……なるほど。はい。わかりました」

「〝ネコの子の子ネコ　シシの子の子ジシ〟」

……と、書いてあります。篁は言った。

なぜそう読めるのか？「子」とは、当時使われていたカタカナ「ネ」にあてられた漢字だった。そしてこの子は、「コ」とも「シ」とも読める。ゆえに、12の「子」に「ネ」「コ」「シ」という読みをあて、意味を持たせると、この読み方になるというわけだ。

「ははは、読めたか」

嵯峨天皇は、無邪気に笑った。

「なるほど、これが読めるということはたしかに、他人の書いた文も読めるということだな。お前がこの札を書いたわけではない、と言えなくもないな」

ということで、篁は、こうしてお咎《とが》めなく解放された。

余談だが、この後、篁は遣唐使チームのナンバー2に抜擢《ばってき》されている。……が、リーダーともめて解任（理由は、一度座礁《ざしょう》して壊れた船にもう一度乗せられそうになったから）。これが上皇となっていた嵯峨を激怒させ、隠岐《おき》の島に島流しになってしまった。しかし、その文才が惜しまれ、2年で戻され、都で大出世（参議という役職）を果たしている。

『宇治拾遺物語』「小野篁、広才のこと」より

49 行ってしまった

『古今集』407　小野篁（百人一首11番）

わたの原　八十島《やそしま》かけて　漕《こ》ぎ出《い》でぬと
人には告げよ　海人《あま》の　釣り舟

いやー。行ってしまったよ。
たくさんの船が、
それぞれの島を目指して、
出発していったところだよ。
見えるだろうか。この限りなく広い海原が。
聴こえるだろうか、このゴウと鳴る潮風が。
海で働く勇敢な男たちよ。
この歌を、京の人たちに届けておくれよ。
だって、他に誰もいないんだから。
あー。俺はいったい、
どの島に行くのやら……。

島流しにあった小野篁がその心境をうたったもの。篁が流された隠岐の島は、約180からなる離島（島根県）である。鎌倉時代には、承久の乱で鎌倉幕府に敗れた後鳥羽上皇（No.81）も流されている。

50

酒よ悲しみよ

『万葉集』338、343、348　大伴旅人《おおとものたびと》

験《しるし》なきものを思はずは
一坏《ひとつき》の濁れる酒を飲むべくあるらし

つらくて、つらくて、つらい。
悲しくておかしくなりそうなときは、
この酒を飲むんだ。

なかなかに人とあらずは
酒壺《さかつぼ》になりにてしかも酒に染みなむ

半端に人間を続けるならさ、
酒の瓶《かめ》にでもなって、酒と溺れたいよ。

この世にし楽しくあらば来む世には
虫にも鳥にも我れはなりなむ

もし人生が楽しいと思えるんなら、
来世は虫でも鳥でも何でもいいさ。
もう、何だっていいのさ。

奈良時代に活躍した貴族、大伴旅人。優秀な官僚だったが、晩年に太宰府に赴任し、直後に妻を亡くした。この一連の歌は『万葉集』の「酒を讃《ほ》むる歌13首」より。悲しみを酒でまぎらそうとする心情がうたわれている。

51

ほたる

『後拾遺集』1162　和泉式部

もの思へば　沢《さは》の蛍も
わが身より　あくがれ出《い》づる
たまかとぞ見る

ぼーっと蛍を見ていた。
その光は、まるで魂。
私の身体はここにあるけれど
魂だけが、そこにあるみたい。
身体と心が、別れている。
私はすっかりふぬけてしまっている。

和泉式部が貴船神社（京都）で詠んだ歌。このとき、和泉式部は恋煩《わずら》いだった。美しい情景なのに、危うさを感じる幻想的な歌。アーティストである。

52

恋といふもの

koto

私たちは、恋をする。
誰かを好きになり、
その誰かを嫌いになることもある。

好きな人を好きな自分のことを、好きになる。
そして好きな人を好きな自分のことを、嫌いになることもある。

勝手に期待して、期待どおりのことが起きたら、喜ぶ。
勝手に裏切られた気になって、落ち込むこともある。

恋はいつでも裏表《ウラオモテ》。
それはきっと、恋をしたとき、

相手を通して、自分自身のことを見ているからだ。

素敵な恋に憧れる私。
離れ離れになることを恐れる私。
人を許せない、嫉妬するイジワルな私。

恋は、いつだって自分が何者なのかを見せてくれる。
だから、傷つきもするのだろう。

じゃあ、自分をまるごと「それでいいじゃん」って思えるようになったら、
どんな景色が見えるんだろうか。

もしかして、恋なんてしなくなるのかな。
好きとか嫌いとか、そんなことも超えて大切な人と出会えるのかな。
それが愛ってことなのかな。

知らんけど。

53 手をふったのは

『常陸国風土記《ひたちのくにふどき》』香取郡《かとりぐん》より

いやぜるの
安是《あぜ》の小松に　木綿《ゆふ》垂《し》でて
吾《わ》を振り見ゆも　阿是小洲《こしま》はも

ねぇ君。さっき、僕のほうに
その布をふっているように見えたんだけど、
それはその……僕に向けてってことで、
いいんだよね？

潮《うしを》には
立たむと言へど　汝夫《なせ》の子が
八十島《やそしま》隠り　吾を見さ走《ばし》り

さぁ、どうでしょう？
君も、こーんなにたくさん人がいるのに
私だけを目がけて走ってきたってことで、
いいんだよね？

日本各地の様子（風土）を描いた作品を集めた風土記。これは、その中の『常陸国風土記』より、ある島での少年と少女のやりとり。

54
松になった少女

その人のことは、まわりからよく聞いていた。
とってもカッコよくて、ステキな人がいるって。

だから、どんな人なんだろうって、
会えたらいいなって、ずっと思ってた。

その日、遠くから彼のことを初めて見たとき、
「あ、絶対この人だ！」って、わかっちゃったんだ。

それくらい、目立ってた。ビビッときた。
想像してたよりずっとカッコよくて、運命かなって、思った。

実際に話すと、楽しくて仕方なかった。
初めて会ったとは思えないいくらい盛りあがって、いくらでも話せそうだった。

気づけば夜になっていて、
私たちは、自然と、そうなった。

この人といたい。
この人のことをもっと知ってみたい。
私のことを知ってもらいたい。

肌を重ねた瞬間は、溶けちゃうかもと思った。
もう、このあとどうなってしまうんだろうって。

ドキドキと、悪いことしてるって気持ちが半々で、
でも、止められなくて。

朝がこなければいいって、思ってた。

でも、朝は来てしまった。

そのときの私は、「ああ、恥ずかしい！」っていう気持ちと、「こんなことしてよかったのかな……どうなっちゃうんだろう」っていう、不安が半分。
そして残りの半分は、「彼と離れたくない」という気持ちだった。

「このまま2人で、ここに、このまま、いさせてください」。

気づいたら、そうお祈りしていた。

私たち2人を、どうかこのままで。

逃げるように、私は祈った。

すると私たちは松の木となり、いつまでもこの土地にいることになった。
これは、そういうお話。

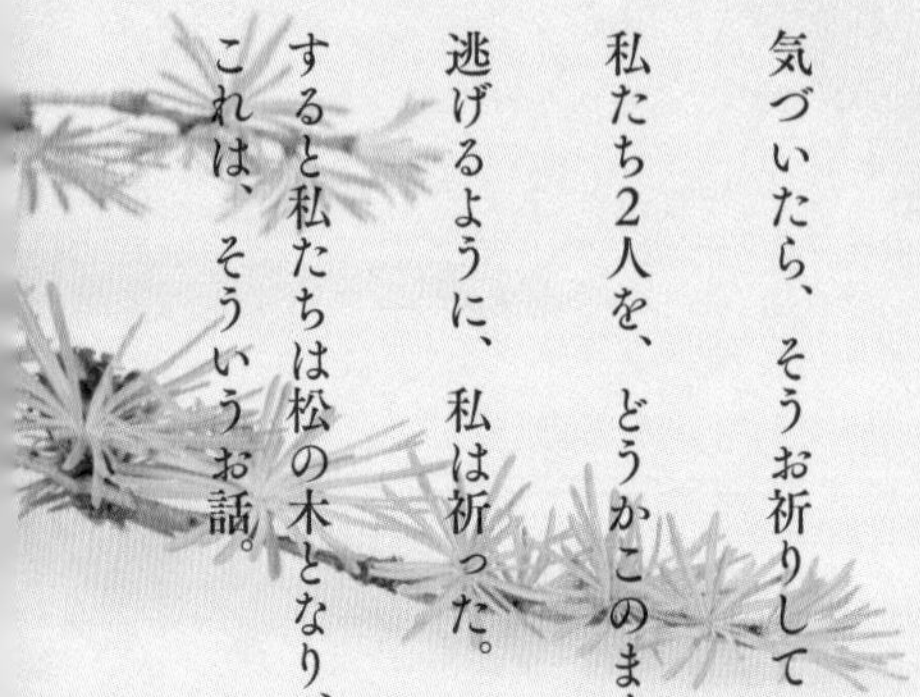

〈ちょこっと解説／風土記《ふどき》〉

このエピソードは、風土記の「常陸国《ひたちのくに》」のもの。

それぞれの村で美男美女と評判だった少年と少女は、互いのことをうわさレベルでは聞いていて、意識をしている「気になる存在」だった。

そんな中、「ウタガキの集い」といって、たくさんの男女が集まって歌の掛け合いをする（要するに婚活的な）イベントが島で開かれた。

この会で、２人は運命に導かれるように出会い（No.53の和歌はこのときに読まれたもの）、そして、人気《ひとけ》のない松の木の下で語り合い、その日のうちに結ばれた。

でも、ロマンチックな時間はすぐに過ぎ去り、翌朝には人目にさらされるのが怖くなって、恥ずかしくなって、ついには2本の松の木になってしまった、というお話。

個人的には、この話は恋愛の話のようでいて、もしかしたらその当時、（たとえば厄災を鎮めるなどの目的で）生《い》け贄《にえ》になってしまった若い人たちがいて、その方たちをモデルにしたエピソードなのかも？　と、邪推したりもしている（なんの根拠もない。でも、婚活イベントで素敵に結ばれたんだから、別に松になる必要なくない!?　とは思った）。

この話にちなんで、地元の茨城県の神栖市《かみすし》には、童子女《おとめ》の松原《まつばら》公園が建てられたそうな。ちなみにこの話、原文の描写がなんだかエロティックです（きっと、作者ノリノリ）。

55 声を拾う

『後拾遺集』1084 恵慶法師

一巻《ひとま》きに ちぢの 黄金《こがね》を
こめたれば 人こそなけれ
声は残れり

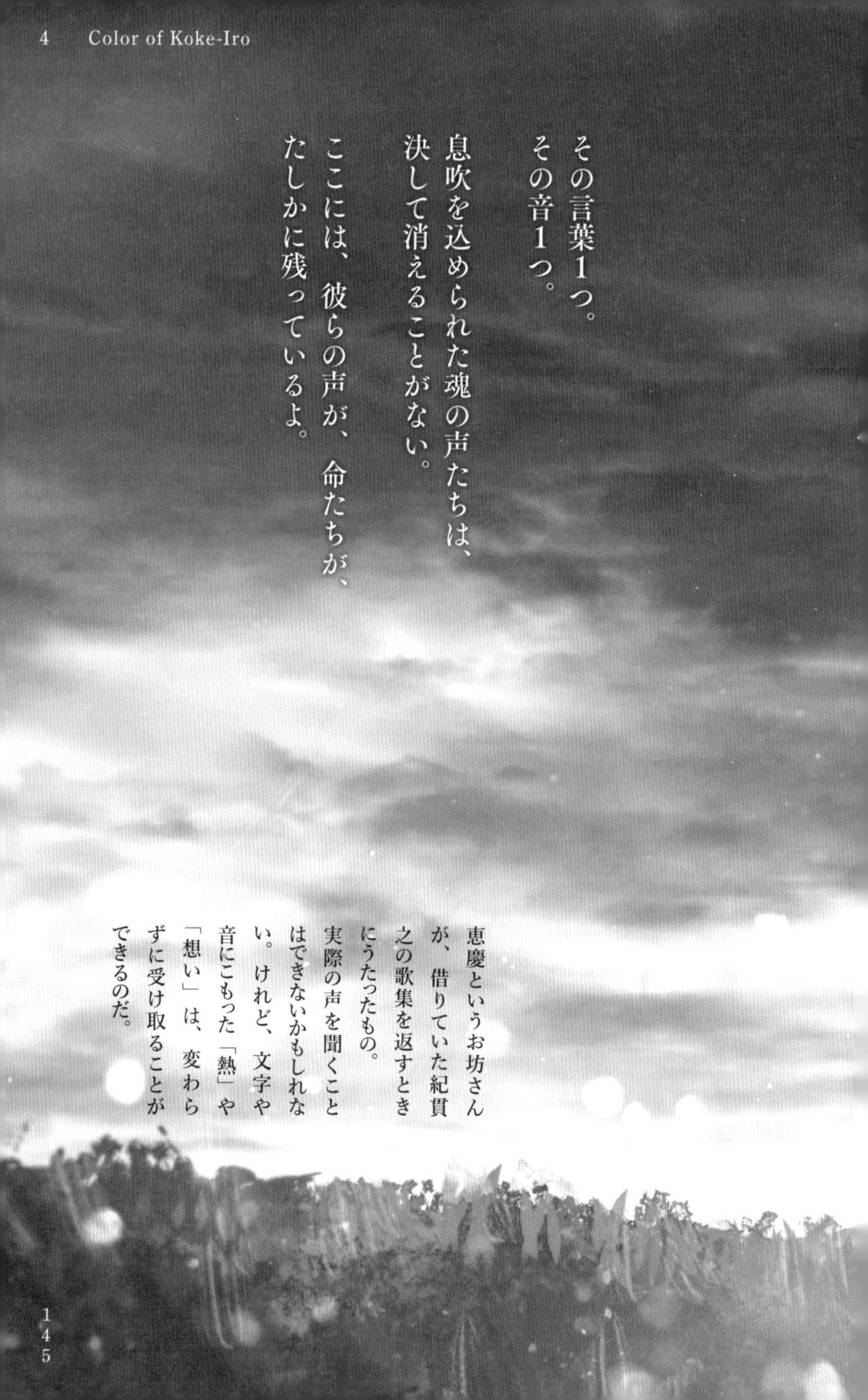

その言葉1つ。
その音1つ。
息吹を込められた魂の声たちは、
決して消えることがない。
ここには、彼らの声が、命たちが、
たしかに残っているよ。

恵慶というお坊さんが、借りていた紀貫之の歌集を返すときにうたったもの。実際の声を聞くことはできないかもしれない。けれど、文字や音にこもった「熱」や「想い」は、変わらずに受け取ることができるのだ。

5章

朱鷺色のエモ

Color of Toki-Iro

「恋は桃色」と誰かが言った。
桃色は、夢見る色。

でも現実は、桃色だけではなく、もっと複雑。
朱鷺《とき》色は、トキがはばたいているときにだけ見える、羽の色。

薄いけれど、たしかな情熱。
淡いけれど、たしかな恋心。

まるで夢のような、でも、はっきりとそこにある色。

56 夏は夜

『枕草子』1段より　清少納言

夏は、もう絶対、夜よね。
満月に近い夜ほどいいわ。
夏の夜空を照らすお月さま。
それだけでグッとこない？

でもね、月が出てない日も意外といいのよ。
真っ暗な中でホタルが
わーっと飛び回ってるのなんて、最っ高。

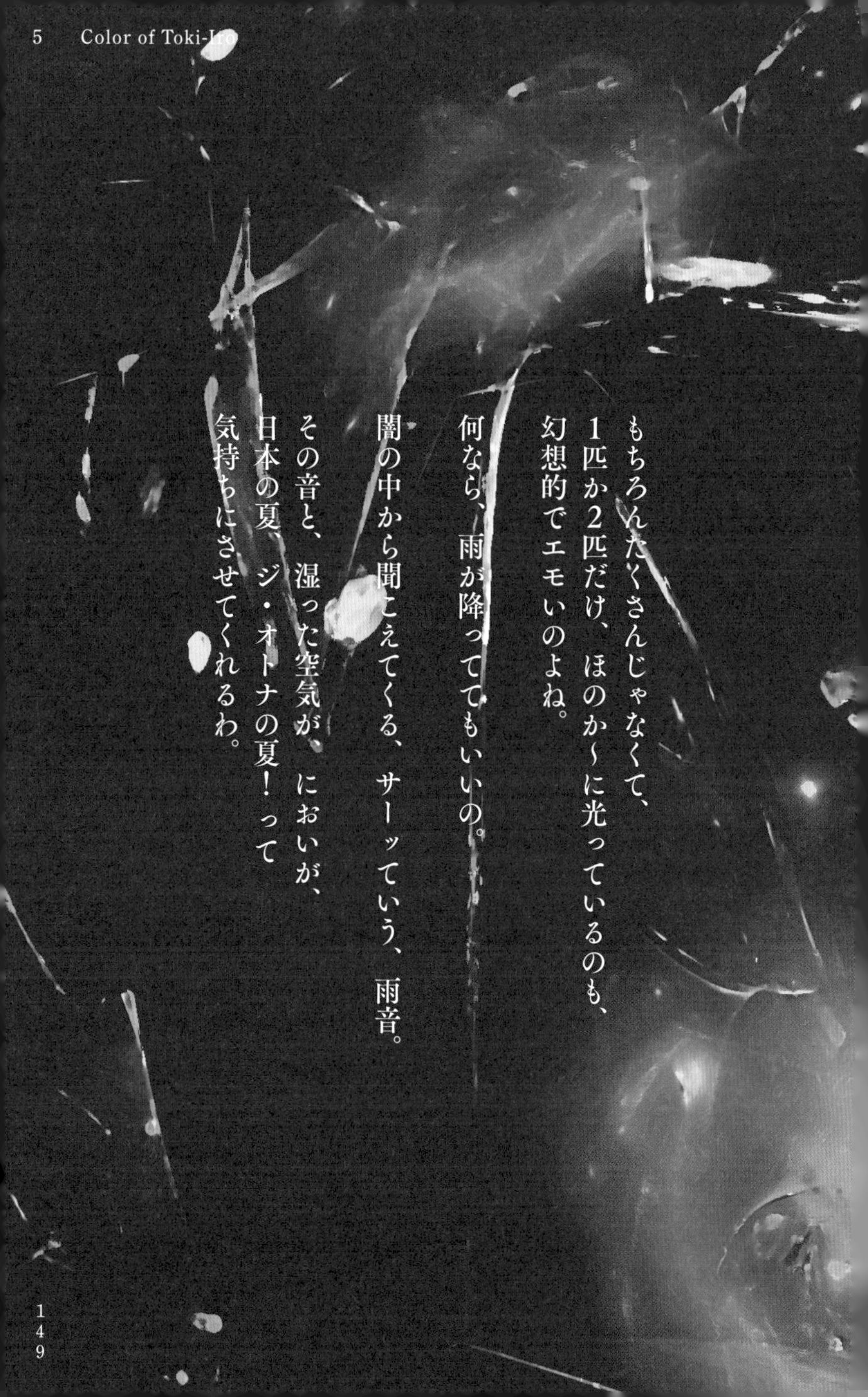

もちろんたくさんじゃなくて、
1匹か2匹だけ、ほのか〜に光っているのも、
幻想的でエモいのよね。

何なら、雨が降っててもいいの。

闇の中から聞こえてくる、サーッていう、雨音。

その音と、湿った空気が、においが、
日本の夏、ジ・オトナの夏！って
気持ちにさせてくれるわ。

57

雨よ、ふれ

『万葉集』2513 柿本人麻呂《かきのもとのひとまろ》

鳴神《なるかみ》の 少しとよみて さし曇り
雨もふらぬか 君をとどめむ

雨が降ってほしい。
雷が鳴ってほしい。
そうしたら、もう少しだけ
あなたと一緒にいられるのに。

58

天気なんて

『万葉集』2514　柿本人麻呂

鳴神の　少しとよみて　ふらずとも
我《わ》はとどまらむ　妹《いも》しとどめば

天気なんて関係ない。
君がここにいてくれるなら
僕は一緒にいるよ。

三十六歌仙の1人であり、『万葉集』を代表する歌人・柿本人麻呂。『万葉集』より連なる恋の歌。「何か理由をつけて一緒にいたい」という思いがいじらしい繊細な歌。新海誠監督の映画『言の葉の庭』でモチーフとなっている。妹とは、「愛しい人」の意味である。

59 海辺にて

『新勅撰集』525　源実朝《みなもとのさねとも》（百人一首93番）

世の中は
常にもがもな
渚《なぎさ》漕ぐ
海人《あま》の小舟《をぶね》の
綱手《つなで》かなしも

漁師たちが仕事終わりに
陸《おか》に上がる。
そんなふつうの光景に
無性に心が動く。
ああ、変わらないでほしい。
変わらずにあってほしい。
世界よ、
どうか変わらずに。
どうか、どうか。

鎌倉幕府の3代将軍・源実朝。12歳で将軍となり、28歳で暗殺される悲劇に見舞われるが、実は天才歌人として有名。藤原定家らに習ったという。実朝による『金槐和歌集』という歌集も残されている。

60 ゆめこい日誌その1

『拾遺集』629 詠み人知らず

見ぬ人の 恋しきやなぞ おぼつかな
誰とか知らむ 夢に見ゆとも

知らない人が、夢に出てきた。誰なんだろう。
一つ確かなのは、会ったこともないその人に、
私は恋をしたということだ。

61　ゆめこい日誌その2&3

『拾遺集』630―631　詠み人知らず

夢よりぞ　恋しき人を見初めつる
いまはあはする人もあらなん

例の恋しいあの人と……
私、結ばれてしまった！
夢の中でね。なんで夢かな……。
誰か、あの人を紹介してください。

かくてのみありその浦の浜千鳥
よそになきつつ　恋ひやわたらむ

あれから結局、あの人には会えていない。
どうしたら会えるの……。
って、海岸にいるトリさんみたいに
ピーピー泣き言いってます。

62 ゆめこい日誌その4

『拾遺集』632　詠み人知らず

よそにのみ　見てやは恋ひむ
紅の　末摘花《すえつむはな》の色に出《いで》ずは

「夢」と「恋」との和歌4偏。連続で収録されているが、元の出典はそれぞれ違う。そのため作者も時代も違うのだが、このように1つのストーリーとしても読める。恋に恋し、恋に傷つく。他人の話は笑い話になるが、自分の身になればぜんぜん笑えない。不思議だ。

私はいつまで、
いったい何に
恋をしているんだろう。
あの花みたいに
キレイになれたら、
何かが始まるのかな。
待ってるだけじゃ
始まらないってこと？
結局いまのところ、
すべては夢の中の話。

63

春の夜の夢

『新古今集』112　藤原俊成女《ふじわらのとしなりのむすめ》

風かよふ　寝覚めの袖の　花の香に
かをる枕の　春の夜の夢

窓から入ってきた、少し肌寒い風。
私の袖からは、花のいい香りがする。
私の枕からは、さっきまで見ていた夢の残り香がまだただよっている。
あれは、夢。はかない夢だったのだ。

天才女流歌人として名高い藤原俊成女。彼女の代表作とも言える歌。ただよう色気と気品、そして文学的な香り。美しくもはかない、まさに「春の夜の夢」という歌だ。

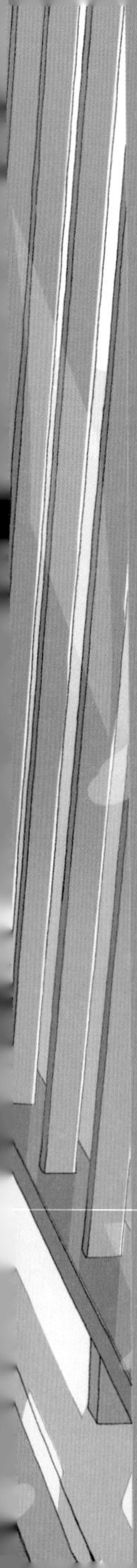

64

あーあ

『風雅集』1019　正親町実明女《おおぎまちさねあきらのむすめ》

さてもとも
問はれぬいまは
またつらし
夢なれとこそ
言ひしものから

「あれは夢だから忘れて」って
ちょっとカッコつけて言ったものの、
本当になーんにも連絡がないのは寂しい。
っていうか、なんかムカついてきた。
なんなの？　え、なんなの？

作者は鎌倉時代の女流歌人。この歌の「さても」とは、現代でいう「いま何してる？」「最近どう？」的なニュアンス。こういう場合の「忘れて」は、忘れてほしくないということ。素直に言えない気持ちもある。

65

それもまた夢

『後拾遺集』879　斎宮女御《さいぐうのにょうご》

夢の如《ごと》　おぼめ枯れゆく　世の中に
いつとはんとか　おとづれもせぬ

恋と夢。夢と現実。その狭間をうたったような歌。作者は、平安時代中期、村上天皇に嫁いだ斎宮女御。三十六歌仙の1人にも選ばれている。村上天皇との歌のやりとりも有名。

世の中とは、まるで夢。
確かなものなんて何もない。
それでも、
私はあなたを待ってしまう。
「次はいつ会える？」
そしてまた、恋い焦がれる。
世の中とは、夢そのもの。

66 宇宙が見える

『はちすの露《つゆ》』良寛

淡雪の中に立てたる
三千大千世界《みちおほち》
またその中に泡雪ぞ降る

春の雪が、泡のように、淡く舞っている。
この雪の結晶の1粒1粒。
この小さな粒子の中に、宇宙がある。
それぞれの宇宙の中では、
またこうしてあわ雪が降っているのだろう。
宇宙の数だけ星があり、命がある。
世界は無限。命は灯火《ともしび》。ゆえに、
いまこの瞬間、すべてが奇跡なのだ。

良寛は江戸後期の歌人。出家し、自身の寺は生涯持たずに詩歌をつくった。
この歌は、良寛の弟子の貞心尼《ていしんに》が良寛の死後に発表したという『はちすの露』から。ちなみに貞心尼は女性の僧侶。

67 冬はつとめて

『枕草子』1段より　清少納言

冬のオシは、朝かな。それも、朝一番。
雪の降るくらい寒い朝なんか最高なわけ。
早朝、霜が降りて地面が真っ白！
みたいな、それくらい寒い日に、

「ヤバッ寒っ！」

って、思わず声が出ちゃったりして。
急いで炭に火を起こす感じ。

そういうときに私は
あー冬だなぁーって感じる。
でもね、昼くらいには
炭も真っ白な灰になっちゃって。
部屋も、もう日がのぼってけっこう暖かいのよ。
そうなると、もう、ぜんぜんエモくないのよね。
つまり冬の朝こそ、至高。ってこと。

68 容疑者・翁丸《おきなまろ》

『枕草子』6段より

宮中には、帝さまがとてもかわいがっているお猫さまがいる。

このお猫、まさに「お猫さま」っていう表現がぴったりで、官位、つまり「役職」までもらってるの。「高貴なお猫さま」ということで、みんなからは「命婦《みょうぶ》のおとど」って呼ばれてる(命婦っていうのは位の名前で、おとどは高貴な女性のこと)。すごくない?

帝さまも本当によーーーくかわいがられてて、これがまた絵になるの。なでなで。

それである日のこと。そのおとどさまがお部屋の中で日向ぼっこしながら寝ていたらしいんだけれど、彼女のお世話をしていたUさんがその様子を見て注意したらしい。

「おとどさま。宮仕えの身分でみっともないですよ。起きてください」って。

お猫さまにみっともないも何もないとは思うけれど……何事も平等に接するって大事よね(どうなの?・)。

とにかく、それでもずっと寝ているものだから、Uさんは冗談半分で

「翁丸《おきなまろ》、おとどさまをお仕置きしてしまいなさい!」

って言ったんだって。

この翁丸っていうのは、誰の飼い犬ってわけじゃないんだけど、みんなでかわいがってるワンちゃん。定子さまも大好きな子なの。

でも、翁丸ってばとっても賢いものだから、言われたとおりにおとどさまを目がけて飛びかかったんですって。賢すぎるのも考えものよ……。

おとどさまはびっくりして「ニャーーー！」って部屋の奥に隠れちゃって。

そのとき、ちょうど帝さまが食事をしてらした時間だったから、さぁ大変よ。

「かわいいおとどに何をするんだ！」って（ちなみにこのとき、おとどさまは帝さまの腕の中。やっぱり、絵になるわぁ）。

最後には「この不届き者の翁丸は犬島《いぬじま》流しにせよ！　即刻！」ってことになってしまったの（犬島っていうのは野犬の収容所みたいな場所で。……まぁ、つまりそういうことよ）。

あわれ翁丸……カッコかわいいワンちゃんだったのに。

＊

それからは、Uさんがおとどさまのお世話係を解任されて、翁丸は行方知れず。

みんなで「どうなっちゃったのかしらねぇ」なんてうわさをしていた。私は、ご飯の時間になると翁丸が庭先にふらっと出てきて、じーーーーっとおこぼれを待ってる姿を思い出していたわよ。

そんなとき、外で犬の叫ぶ声が聞こえてきたの。

あまりにもすごい様子だったから人に見に行ってもらったんだけど、大慌て。

「大変大変！　あの翁丸が島流しから帰ってきたって！　それで男の人たちが痛めつけてるのよ。このままじゃ死んでしまうわ！」って。

まさか翁丸が生きて戻ってきたの!?

一瞬喜んだんだけど、話によると、翁丸はさんざん痛めつけられて、最後は声も出さなくなって死んじゃったらしい。「こらしめて、遺体は捨てましたぞ！　がはは！」なんて男たちは言ってたらしいけど、ほんとむごいことするわね。

……なーんてことがあったのが昼くらいの話。その夕方よ。ふと1匹のワンちゃんを見つけたの。ふらふらヨタヨタ歩いていた。よく見たら全身ボロボロで顔も身体も腫れ上がってるじゃないの。痛々しくて見てられないっていうくらい。だからもしかして……と思って、

「翁丸？　あなた翁丸よね？」

ってみんなで声をかけたんだけれど、反応なし。

「翁丸よ」「いや違うと思う」なんて言い合ってたんだけど、埒《らち》が明かないから、「じゃあ、鑑定してもらいましょう」ってことで、役所に連れて行ったの。

担当者いわく、「いやーこれはさすがに翁丸ではないでしょう」って。名前を呼んでもまっ

たく寄って来ないし、さすがに姿もみすぼらしすぎるだろうって。

夜もすっかりふけた頃、ワンちゃんにご飯をあげたんだけどそれも食べない。

私たちは、「まぁさすがにこの子は翁丸じゃないのかもね」と結論づけることにしたの。

＊

翌朝、その子はまだ庭にいて、すみっこでうずくまっていた。

その姿を見たら、私、なんだかたまらなくなって、

「あはれ昨日、翁丸をいみじうも打ちしかな。

死にけむこそあはれなれ。

なにの身にこのたびはなりぬらむ。いかにわびしきここちしけむ」


ああ、かわいそうな翁丸。

昨日あの子は死んでしまった。

ぶたれて、蹴られて、どれだけつらかっただろう。

生まれ変わったらあなたは何になっているんだろうね。

かわいそうな、翁丸。

思わず翁丸のことを思い出しちゃったの。

そしたら、うずくまっていたワンちゃんが泣きはじめたの！　鳴いたんじゃなくて、泣いたの。涙をポロポロ流して。

もうびっくりしたわよ。

でも、それで確信したわ。この子は、やっぱり翁丸だったのよ。

翁丸だってバレたら殺されちゃうから、ひたすら正体を隠してたんだわ。

そう思ったらなんだか泣けてきちゃって……。なんて賢いのあなた。

「この子は翁丸よ！」って騒いでたら、定子さまも安心した様子でいつものステキ笑顔を見せてくれてたわ（かわいい）。

この話は帝さまの耳にも入ったみたいで、そのあとすぐにいらっしゃったの。

昨日はお怒りなっていた帝さまだったけど、

「本当かい！　これだけ知恵が働いて分別のある犬がいるとは！」

って。びっくりしながら笑われてたわ。翁丸は猫派の帝さまも認めるスーパー・ドッグだったってことね。

でもね、そうは言っても翁丸は犯罪者（犯罪犬？）でしょ。

私、すっかり同情しちゃって「かわいそうに……手当てをしてあげたいわ」なんて言ってたら、まわりからは「あらま！　あなたついに正体をあらわしたわね。悪い子にそんなに肩入れしちゃってダメじゃない！」って大笑いされちゃった。

＊

それでこの件、最後はどうなったかというと。

私たちは「すっとぼけた」の。

だって、翁丸は脱獄犯みたいなものでしょ？　役所の人がうわさを聞きつけてきたんだけど、「え？　おきなまろ？　いえ、そんなワンちゃんぜんぜん知りませーーーん」って、調べさせなかったわ。

ということで、翁丸は晴れて自由の身。本当によかった。

でもびっくりしちゃった。

翁丸ったら、あんなに賢く立ち回って最後には泣いちゃうんだもん。心があるのは人だけとばっかり思ってたけど、そうじゃないんだね。

感動したけど、勉強もしちゃった。なんでも人間のモノサシで見ちゃいけないってことね。

69

あなたはどこで

『拾遺集』792　馬内侍《うまのないし》

こよひ君　いかなる里の　月を見て
都にたれを　思ひいづらむ

あなたは今夜、
どこで
この月を見ているのでしょう。
そして、
誰のことを思っているのでしょう。
私にはわかりません。
わかりたくもありませんけれど。

馬内侍は、平安時代中期の女流歌人。三十六歌仙の1人。清少納言らのように宮仕えをした女房で、道長、道隆、公任《きんとう》など、時代をときめく男性貴族たちと関係を持ったと言われている。その歌には艶と不思議な迫力がある。

70

うふふ

『万葉集』20　額田王《ぬかたのおおきみ》

あかねさす 紫野《むらさきの》行き 標野《しめの》行き
野守《のもり》は見ずや 君が袖振る

私たちはもう別れたの。
私には、もう新しい人もいる。
それなのにあなたは、
人の目を盗んで何度も手をふってくる。
まわりの人にバレたらどうするつもり？
ちょっと、嬉しいけどね。ふふ。

飛鳥時代を代表する女流歌人・額田王。この歌は元夫の大海人《おおあまの》皇子《おうじ》と狩りにでかけたときのもの（新恋人はその兄である天智天皇だった）。酒席で冗談でつくった歌らしい。

71 えへへ

『万葉集』21　大海人皇子

紫草《むらさき》の　にほへる妹を　憎くあらば
人妻故に　我《あ》れ恋ひめやも

No.70の額田王の歌への返しとしてうたわれたもの。この宴会は大盛りあがりだったろう。

しかし、「余興でつくった」というのはちょうどいい口実だったに違いない（絶対本音だと思う）。

元妻よ。
君はもう人妻に
なってしまったが、
いまここで、あえて言おう。
「それでもお前が好きだ！」
……いや、
人妻になったからこそ、
余計に恋しいのかも
しれないが（笑）。

72

は・ず・い

『拾遺集』622　平兼盛（百人一首40番）

忍ぶれど　色に出《いで》にけり　わが恋は

ものや思ふと　人の問ふまで

私はいま、めちゃくちゃ恥ずかしい。

「え、センパイ恋煩《わずら》いすか?」

と、人に聞かれてしまうほど顔に出ていたらしい。

不覚である。不覚である。

何より、図星であるからして、マジで恥ずかしいのだ。

平兼盛は、平安中期の貴族。三十六歌仙の1人に選ばれている。なんだかぼーっとしてしまって、調子が出ない。そんな心情をうたったこの歌は、当時珍しい倒置法を使った画期的な表現だった。

73 波のように

『万葉集』3360

伊豆の海に
立つ白波のありつつも
継ぎなむものを 乱れしめめや

静岡県東部、伊豆の海でうたわれた歌。『万葉集』14巻には「東《あずま》歌《うた》」といって、各地方でうたわれた歌が収録されている。

繰り返し、繰り返し、繰り返し。
寄せては返す
この白波のように
ともに、とわに、ありたいよ。

74

離れがたい夜

『万葉集』3215―3216

白栲《しろたへ》の 袖の別れを
難《かた》みして荒津《あらつ》の浜に
宿りするかも

どうしても離れがたくて、
出発を明日に延ばしたよ。
あともう一晩だけ、
旅立つ前に、 君と会いたくて。

私もです。
会いたくて、
ひと目見たくて、
見送りに来てしまいました。
つらくなるだけだと、わかっているのに。

草枕 旅行く君を 荒津まで
送りぞ来ぬる 飽き足《だ》らねこそ

太宰府の官僚たちが、都や海外へ出発する港での歌。出発しなくてはいけない官僚と、彼を慕うかれめ（旅をする遊女）のやりとりである。はぁ切ない。

75 幻のような出来事

それは、とてもとてもきれいなヒトだった。

闇からあらわれ、闇に消えていった。

いまでも覚えているの。

＊

その女の子は、常陸国《ひたちのくに》よりもさらに奥の地方で生まれた。

「物語が読みたいわ」と、時間も忘れて夢中になって読んだのが『源氏物語』。

「あたしは光源氏さまに愛されるようなステキなレディーになるのよ」と、無謀にも言い放つような純粋な少女。

それが、何十年も前の私だった。

ずいぶん歳もとり、夫は先に旅立ってしまった。すっかり空っぽになってしまった私に残されたものは、胸の中にあるわずかばかりの記憶だけ。

だからその記憶を、ここに記す。誰が読むかもわからない、一個人の記録。

＊

その昔、私が家族と一緒に都までの長旅に出かけたときの話。道中、足柄山《あしがらやま》を越えようとしていた。

この足柄山というのがとにかく不気味な場所だった。背の高い木が山全体を覆っていて、空が晴れなのか曇りなのかわからないほど。

そんな怖い山の麓《ふもと》に私たちは泊まっていた。その日の夜は月もなくて、暗闇の世界に迷い込んでしまったのかと思ったくらい。

そんな晩に、彼女たちは突然あらわれた。

どこからともなくやってきた3人組の女性。一番上が50歳くらい、真ん中が20歳くらい、そして下が14－15歳の女の子。

彼女たちは遊女だった。

なんでこんな場所に？　誰もが興味津々だった。

すぐに男たちが集まってきて、彼女たちを宿の前に座らせた。そして灯りをともした。

髪は長く、額の形は整い、色は白かった。姿かたちも雰囲気も、すべて含めて、あまりにも美しかった。

聞くと、彼女たちは「こはた」という有名な遊女の孫なのだそう。

「これなら、いますぐにでも宮仕えができるぞ」と、そんな声が挙がっていた。

彼女たちはその場で歌を披露してくれて、その声の美しさといったら……。他では聴いたことがないというほど高らかに、つややかに歌ってくれた。暗闇を切り開くような美しい透き通った声に、その美しさに、冗談を交えて話す親しみやすさに、みんなすっかり夢中になっていた。

しかしそんな時間もつかの間、彼女たちはすぐに旅立っていった。

心をつかまれてしまった大人たちは涙を流すほど。幼い私はといえば、悲しいし、残念だし、なんだかその場所に取り残されてしまった気分になった。

暗闇からあらわれ、そのまま暗闇の中に消えていった美しい女性たち。

幼い私の中にある、鮮やかな、でも幻のような出来事。

『更級日記』7段　足柄山《あしがらやま》の遊女より

〈ちょこっと解説／更級日記〉

『更級日記』は、菅原孝標女《すがわらのたかすえのむすめ》という女性による日記（エッセイ）。最愛の夫を亡くしてしまった彼女が、50歳を超えたときに書きはじめた記録で、10歳～50歳くらいまでに起きた出来事がつづられている。ここで紹介したのは、彼女がまだ少女のときのエピソード。当時、彼女は上総国《かずさのくに》（千葉県）にいて、都で流行っているという『源氏物語』を読みたくてしょうがない！　そんなおませな女の子。念願かなって都に行けることになり、その道中の一幕（足柄山は、静岡県と神奈川県の県境にある）。

その後、彼女は都での生活を経て「夢見る少女」からだんだんとオトナへと成長。苦労を重ねながら宮仕えをするものの、恋仲となった人とはすぐに別れ……。そんな感じで、平安時代に生きた平凡な人生（いいところのお嬢さんではあるものの）がドラマチックに描かれている。感覚的には、「朝ドラ」に近い。

タイトルの「さらしな」とは、彼女が住んでいた信濃国《しなののくに》(長野県)の更級郡からとられている(更科そばの「さらしな」もここが由来らしい)。

失意の彼女が選んだ「書く」ということ。同時代の『枕草子』『紫式部日記』『和泉式部日記』『蜻蛉《かげろう》日記』などと並び、古典エッセイの代表としていまもこうして残っている。

76

「思い出す」って

『閑吟集』85

思ひ出すとは
忘るるか
思ひ出さずや
忘れねば

室町時代に流行った歌を集めた『閑吟集』より。「ちょっと思い出して連絡した」と、つい言ってしまいがちだけれど、「思い出さずや。忘れねば（え、じゃあそれまで忘れてたってこと？）」なのだ。

「思い出す」っていうのはね。
「忘れてた」ってことなんだよ。
本当にラブなら、ありえないよね。

77 契約更新

『狂雲集』559　一休宗純

木稠《ゆら》ぎ葉落ちて、更に春を回《かえ》す
緑を長じ花を生じて、旧約《くやく》新たなり
森也が深恩、若《も》し忘却せば、
無量億劫《むりょうおっこう》、畜生《ちくしょう》の身

葉が枯れ落ちれども、
また緑は芽吹き、花は実る。それがめぐり。
俺たちは死んだらそのたび、
あたらしい誓いを立てることになるんだ。

俺はこんな約束をしよう。
彼女から受けた、
この海のようにでかい愛をもし忘れたならば、
その瞬間、永遠に畜生として身を堕とすと。

ロックな破戒僧で知られる一休さんが残した漢詩集『狂雲集』の最後の詩から。一休は晩年、森女《しんじょ》という盲目の女性を愛し、互いに支え合った。親子ほど歳が離れていたというが、森女への想いがあふれんばかりにつづられている。「人は生きながらにして生まれ変わることもできる」。そんなふうにも読めた。

6
章

深緋のエモ

Color of Kokiake

深緋《こきあけ》は、深くて濃い赤。

それは、枯れゆく前の葉の色であり、
女性をあらわす色でも、
おめでたい色でも、
私たちに流れる血の色でもある。

遠く、深く刻まれてきた
その血、その智、その地の歴史。

私たちには深緋《ふかひ》の色が流れている。

78 和歌について説明します2

『風雅集』序文より　花園院

和歌とは、この世のあらゆる現象をうたうもの。
それは宇宙の意志を紐解き、詠む行為だ。
光も闇も、すべてが一体だったときからあった
真理を、私たちは、いま目の前の景色を通して、
解釈し、うたうのだ。
和歌とは、風雅。気高く、尊い所作だ。

……だが、どうだ？
最近の和歌ときたら、最悪だと言っていい。
本質を忘れ、形ばかり。
飾ることばかりうまくなり、中身がない。

そんな歌には辟易するよ。
一方で、下劣な歌も増えた。
もちろん、何をどううたうかは、自由さ。

ただし大前提として、
和歌の本質を見失ってはいけないのだ。
基礎なくして、応用なしだ。

それはたとえ、「有名な歌い手」であってもだ。
メジャーだからいいわけじゃないんだよ。

この歌集の意味は、そこにある。
廃れてしまった真の歌道を。
本物の歌を、ここに残した。

室町時代につくられた『風雅集』の序文。大意をダイジェストにしました。この和歌集は、花園上皇が直々に編集をしたもので、「心の叫び」が聴こえてくるよう。

79 からくれない

『古今集』294　在原業平（百人一首17番）

ちはやぶる
神代《かみよ》もきかず　龍田川《たつたがは》
からくれなゐに　水くくるとは

紅葉に染まり、
流れる水が、紅《くれない》色に見える。
いまだかつて、
神々も経験したことがない景色。
真っ赤な水が、流れているのだ。
そんな時代を、生きたのだ。

百人一首の代表的な歌の1つ。「ちはやぶる」とは、「荒々しい」という意味。転じて、「神」にかかる言葉として使われてきた。「水くくる」は、水面を布に見立てた表現で、水を染めるという意味になる。

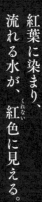

80 表と裏

koto

「百人一首」とは、藤原定家（No.13）が「100人の歌い手の、優れた歌を1つずつ選びました！」という歌の選集のこと。これをもとにした発展型もあるけれど、一般的に言う「百人一首」は、定家の選んだ「小倉百人一首」になる。

この百人一首、小学校だか中学校以来、久々に読んでみると、え、なんか暗くない!? と思う歌が多かった。No.79の「からくれない……」にしても、「紅葉の赤に染まった川の色」という表現からは、私は目を奪われるような絶景というよりも、もう少し時代の背景にある闘いみたいなものを感じた。なんとも言えない「含み」を感じたのだ。

そのとき思い出したのが、旅で知り合った仙人みたいな人のこと（誰なのかは知らないけど、白いひげの不思議なおじいちゃんだった）。その人が、どういう流れだったか

「本物の言葉には、いくつもの意味がある」

と言っていた。他の話はほとんど聞いてなかったんだけど（ごめんなさい）、この言葉だけは妙に刺さった。

たとえば、和歌に出てくる「うき」は、「憂き」でもあるし「浮き」にもなる。「かみのよ」は、「上の代（大昔）」でも「神の世」でも、なんなら「紙の余」でも「髪の夜」でもいい。ダジャレといえばダジャレだけど、１つの言葉にいろんな含みを持たせられる。

5・7・5・7・7。足して31音の中に、そのときの感情、情景、背景がぜんぶ含まれている。すごい技術というか、感性というか。もしかしたらそこには、未来の私たちに向けた大きなメッセージも込められているかもしれない。

そもそも、ものごとは「表裏一体」。大昔から、それこそ『古事記』にも「世界はもともと闇も光も区別のない混沌だった」と書かれている。

もともとぜんぶあわせて１つ。つまり花が咲いて枯れるように、どれだけ美しいものでも、「みにくい」部分はあるということ。その意味では、きれいな部分しか見えないのは不自然とも言えるのかもしれない。

だから和歌に限らず、日々何かを見て、話を聞いて、そのとき「そう感じたこと」は、それでいいんじゃないのか。受け取る側が決めていい。私はそう思っている。

いま思えば、あの仙人も、そんなことを言っていたのかもしれない。いや、ぜんぜん違うかもしれないけれど。

81 うらめしや、いとおしや

『続後撰集』1199 後鳥羽院（百人一首99番）

人もをし 人も恨《うら》めし あぢきなく
世を思ふ故《ゆゑ》に もの思ふ身は

後鳥羽院は、平家が源氏に敗れたあと天皇・上皇となった人。歌人としても有名であり、『新古今和歌集』をつくらせた。武芸に秀でた人だったが、「承久の乱」で鎌倉幕府に敗れ、隠岐《おき》の島に流される。隠岐でも歌をつくり続けていたという。

どうにもこうにも
人の世というのは。
世の中をよくしようと思って
懸命になるほど、
人が恨めしくなる。
愛と、憎しみが、
交互にやってくるのだ。
それは、どちらも本音なのだ。
だから、思い悩む。
まったく。
人の世なんて。
わずらわしい。

82

幾百年の孤独

『続後撰集』1205　順徳院（百人一首100番）

百敷《ももしき》や　古き軒端《のきば》の
しのぶにも　なほあまりある
昔なりけり

順徳天皇は、後鳥羽上皇の息子。天皇となるが、実質的な政治は後鳥羽上皇が行っていたため、和歌などの芸事を学んでいたという。藤原定家に師事し、女流歌人の藤原俊成女などとも仲がよかったという。承久の乱後は佐渡へ島流しとなった。

気づけばこの宮も、
すっかり古くなってしまったね。
これまでどれほどの年月を重ねてきたのか。
もう想像もできないよ。
私たちの栄華はそれくらい、
はるかはるか、昔のことになってしまった。

83

生きてこそ

『新古今集』1147　西行法師

なにとなく
さすがに惜しき命かな
ありへば
人や思ひ知るとて

私は出家の身。
この身はもはや、
この世のものではない。

ただそれでも、
なんとなく命は惜しいと思う。

だって、生きてさえいれば、
愛しい人も私の気持ちを
わかってくれるときが
くるんじゃないかって。

そしたら、希望があるだろ？
なんとなくさ。

西行は平安後期の生まれ。将来有望の武士だったが、23歳で突然出家。以後、各地を旅しながら和歌をうたう。「なにとなく」は、西行がよく使った表現。「なんとなく」という感覚が、実は一番よかったりするのかもしれない。

84

あの世からの伝言

『後拾遺集』599

時雨とは　千種《ちくさ》の花ぞ　散りまがふ
なに故郷《ふるさと》の　袖ぬらすらん

そちらの世界では、
冬の雨は、冷たく感じるかもしれません。

しかしその正体は、
そこかしこに咲きみだれる
花たちの、美しい花びらなのです。

私は――いや私たちは、
おだやかに満ち足りた時間を過ごしています。

だから、泣かないでください。
思いつめないでください。
もうとっくに、安らかなのです。

『今昔物語』24巻（39話）に収録されている逸話から。藤原義孝（No.23）が、賀縁《がえん》というお坊さんの夢の中でうたったという歌。時雨とは、秋の終わりから冬の初めにかけて降る小雨のことで、冬の季語。

85 女たちの物語

あの日、あなたが声をかけてくれた。
あの日、あなたがやさしくしてくれた。
あの日、あなたが抱いてくれた。

そして私は、女になれた。
女のための、話をつくろうと思った。

＊

私は、やまと。なんというか、「どこにでもいる感じの女」だと思ってほしい。
どうして生まれてきたのか、何をしに生まれてきたのか。
私は、その意味をまだ知らなかった。知らないから、私は、それを恋に求めた。

まわりは私を、惚れっぽいヤツだと言った。色気違いなんて言う人もいた。失礼しちゃうわ。純愛を求めてるだけだっちゅーの。

ともかく。私は、あるときその人に会った。その人は、「少将」さん。おえらいさんだ（一応名前は伏せておく）。

普通なら、私なんかが会ってはいけないような身分の人。

そんな人が、私に声をかけてくれた。

「やぁ、君。1人かい？」なんて。

くぅーーー！ キザ！ ナンパ！ 詐欺師！ だけど、そのこなれた感じに、おのぼりさんだった私は瞬殺。ちょろいよね。

すぐに好きになって、関係を持った。そしたら、もっと好きになってしまった。

けれどそれから、その人からはほとんど音沙汰がない。

私は、こんなに恋い焦がれているのに。彼にとっては、たくさんいるうちの1人ということ。火遊びのうちの1つだったということ。わかってるよ。わかってる。でも、わかっていても止められない。わかっているけど、割り切れない。それが、火のついた恋ってものでしょ？

だから私は、会いにいった。会って一言、言わねばと思った。

ある夜。私は1人でその人のお屋敷に向かった。一応車には乗っていったんだけど、ドライバーさんと私だけ？　みたいな。だから、びっくりさせたらしい。っていうか、めちゃくちゃ引かれて、怪しまれた。

「ええと……あなたはどなたさまで？」ってビビられたけど、「少将さんに会いにきました。私が来たって言えば、わかると思います」。って、言ってみた。

面倒なヤツが来たと思ったんだろうね。「ああ、お待ちくださいね」って、そのまま放置された。スルーされたとわかったから、何人も声をかけ直して、同じことを言った。

「直接言わないといけないことがあるの！」

どれだけ素気《そっけ》なくされても引かなかったから、ちょっとうわさになったのかもね。

やっと、ちょっとえらそうな人が出てきて、「少将は帝のところにいらっしゃいますので、今はお取り次ぎができません。代わりに用件を伺いましょう」って。

「ダメ。直接言わないといけないの。そうあの人に、伝えてください」

それで、また待たされたんだけど、少将さんも「おもしろいヤツ」って思ったらしい。

何時間待ったかしら？　とにかく、やっとお屋敷の中に入れてもらえることになって、私は少将さんの到着を待った。

そして、来た。ついに来た。

彼はいつもの調子で、あの余裕を崩さない態度で、

「どうしてこんなところへお1人で？」と言ってきた。

「あなたがあまりにいらっしゃらないから、来てしまったんです。一言、お伝えしないとと思って」

「一言？」

「ええ。一言」。私は、こう言った。

「ありがとう。あなたは私を、女にしてくれた」

そう言って、私は屋敷をあとにした。彼とは、もう二度と会わなかった。

そして、物語をつくりはじめた。女の、女たちの、私たちの、物語を。人づてに聞いた女性たちの悲劇を。女性たちの気持ちを集めていった。

いまは無理かもしれない。だから、誰かが、この物語を終わらせてほしい。そう願って、私は、『やまとものがたり』という名前をつけた。

『大和物語』171段「くゆる思ひ」より

〈ちょこっと解説／大和物語〉

大和物語は、平安の中期につくられた「歌物語」で、核となる「和歌」を中心に物語が語られていく。物語といってもけっこう話はバラバラで、有名な「姥捨山《うばすてやま》」みたいな話もあれば、在原業平《ありわらのなりひら》や僧正遍昭《そうじょうへんじょう》といった六歌仙の人たちのエピソードもある。しかも、かなり中途半端なところで切れている話もある。そういうこともあって、どういうテーマの物語なんだ？　とくくるのが難しいらしいのだけど、私は「これは、女性のための物語なんだ」と思った。

とても悲劇的な女性の話が印象に残ったし、とにかく多かった。

たとえば１５０段の「猿沢《さるさわ》の池」は、絶世の美女で引く手あまただった宮仕えの女性が、どうしても好きだった帝に相手にしてもらえず、悲運の最期を遂げてしまう話。

他にも、無理やり男にさらわれて自死してしまう女性の話、プレイボーイに翻弄《ほんろう》されてしまう女性の話もある。男が奥さんに言われて育ての母（おば）を山中に置き去りにする「姥捨て山」も、女性の因縁の話だろう。

そうした話を読みながら、私は女性たちの魂が水の底で、誰かにすくいあげられるのを待っているような、そんな印象を受けたのだ。

イメージとしては、「般若《はんにゃ》」のお面……「口（顔）は笑っているが、目（心）は吊り上がり、怒りに燃えている」というあのお面を思い出した。

そして、ここで紹介した１７１段「くゆる思ひ」は、かなり中途半端なところで話が切れているエピソードの1つ。

この物語は、平安時代の前期。敦慶親王《あつよししんのう》に仕えていたという「大和《やまと》」が、想い人の少将さん（藤原実頼）に会いにいくという話。どこで話が切れているかと言うと、最後、ようやく部屋に入れて言った一言。

「なにかは。いとあさましう、もののおぼゆれば」

（どうして会いに来たらいけないのですか。あなたがあまりにも会いにきてくれないので私はあきれて）

ここで切れてしまっている。これというオチがないのだ。

一般的には、大和の言葉のあとに少将さんが歌を返したと言われている。それが、

「いまさらに　思ひ出《い》でじと　しのぶるを　恋《こひ》しきにこそ　忘れ侘《わ》びぬれ」

というもので、その意味は、「違うんだ。思い出すのがつらいから忘れようとしているだけなんだ！」だ（私が大和なら、「死ねっ！」って叫んで帰ると思う）。

今回は、大和自身がこの物語の作者なのでは？　という説もあったので、それを少しだけふくらませて紹介させてもらった次第。

私は、この大和さんってもしかして……（ごにょごにょ）と思っているのだが、とにかく女性たちの魂が本当の意味で自由になれることへの願いを、『大和物語』から感じた。

86 煙も立たない火

「人知れぬ　心のうちに
もゆる火は煙《けぶり》もたたで
くゆりこそすれ」

私の心は、
人知れず燃えている。
だからこの火は、
煙にもならないのだ。
このまま悔いることはあっても、
燻《くす》ぶることすらないのでしょう。

「富士の嶺《ね》の　絶えぬ
思ひもあるものを
くゆるはつらき
心なりけり」

いえいえ、私の心は、
消えることのない富士の山の煙。
あなたのことを絶えず思っているのですよ。
それを「悔いる」とは悲しいなー。

『大和物語』「くゆる思ひ」の冒頭に出てくる歌。色好きの少将（藤原実《さね》頼《より》）に恋に落ちた大和。しかし、いつまで経っても会いに来てくれないというのでこの歌を送る。それに実頼が返しているのだが、なんとも言えない白々しさというか、本気で応えていない感がある。

87 マトリックス

『風雅集』2061　花園院

誰《たれ》もみな　あたら色香を　ながむらし
昨日もおなじ　花鳥の春

『風雅集』の選者、花園天皇の歌より。花園天皇は、「史上まれにみる好学の天皇」と辞書に書かれるほど学問好きで、達観した、メッセージ性の強い歌が多い。彼の残した日記『花園天皇宸記』は歴史資料としても価値が高いという。

人というのは、
見せかけばかりに気をとられ、
一喜一憂を繰り返す。

欲にかられ、恐怖にかられて。
あれが良い、これが悪いと、繰り返す。

そんな世界は、すべて夢なのだ。

今朝見た夢の世界と同じ。

夢にまた夢を重ねる。
それで、いいのかい。

夢だと気づかなければ
この夢は終わらない。

88 立つ、断つ、発つ

『山家集』723 西行法師

空になる 心は春の かすみにて
世にあらじとも 思ひ立つかな

全国を旅した歌人・西行。この歌は、出家前後のものと言われる。伝説的な人物で、平清盛や源頼朝とも会い、「一晩語りあった」などの逸話が残っている。松尾芭蕉もこの西行に憧れ、全国を旅したという。

私がいた世界は、惑いの世界。
春の霞のように、人を惑わせ、狂わせる。
ならば私は、別の世界で生きましょう。
これまでの世界が、すべてではなし。
古きを断つ。そして、発つ。

89　魚の骨のきみたちへ

『狂雲集』29　一休宗純

随波逐浪《ずいはちくろう》　幾ばくの紅塵《こうじん》ぞ
又《ま》た値《あ》う　桃花　三月の春
恨みを流す　三生六十劫《さんしょうろくじゅうごう》
竜門　歳々《さいさい》　腮《あぎと》を曝《さら》す鱗《りん》

人らが、
花びらのようにふわり舞う。
その姿は、赤い塵《ちり》のよう。
大波にただ流されるように、
抗おうともしない。

なーーーんにも考えてないから、
再三生まれ変わっても、
魚のまんま。

今回の旅は、どうだろうね。

自分の魂で生きてみろよ。
今生、魚の骨で、終わりたくないのなら。

一休は、藤原家の生まれとも天皇の私生児（認知されていない子）ともいわれ、謎が多い。しかし、奇抜な言動の裏には積み重ねてきた教養と心念があるのだろう。こんな壮大な漢詩、ただのお坊さんには書けない。

90 となりの諸行無常

koto

ふと思う。

昨日あったことは、昨日の私は、
ホンモノの記憶なのかな?

だってすでにいま、昨日の記憶はぼんやりだ。
1週間前の夕飯のメニューは、もう覚えていない。
10日前の同じ時間、何をしていたのか、誰と何を話したか、まったく思い出せない。

ましてやいまから1年前のことを、10年前のことを、
私はうまく思い出せない。思い出せる気がしない。

「こうだったじゃん!」と誰かに強く言われたら、

「ああ、そうだったかも」と思えてしまうくらい、頼りがない。

昔の人は、諸行無常をうたった。
栄華は一瞬。滅びるも一瞬。
すべては、変わってゆく。すべては、うつろってゆく。
すべての出来事は、繊細で、はかなくて、確かではない。

それは、つらい時代を生きた彼らの大切な気づきであり、
希望であり、憂いでも、嘆きでもあったんだろう。

諸行は無常。未来のことは未確定。
でも同じように、本当は過去すらもあいまいで不確かなものだとしたら?

変わるから、怖いのか。変わっても、おもしろけりゃいいじゃん、なのか。
結局私たちが選べるのは、自分の「在り方」だけなのかもしれない。

ある晴れた日曜の朝。起きがけに、そんなことを思う。

91

真昼の月

上杉謙信　辞世の句

極楽も 地獄も さきは
有明の月の心にかかる雲なし

行き先は、
地獄でも極楽でもかまわない。
私の心は、雲ひとつない真昼の月。
恐れも迷いもなく、
静かに、ただあるだけ。

越後（新潟県）の戦国武将、上杉謙信。その辞世の句より。武田信玄とのライバル関係は有名だが、晩年は関東進出や信長との対決を目指しており、その最中に49歳で亡くなった。勇猛で酒豪。仏道に没頭し、生涯独身。そして和歌を愛する繊細な風流人という、さまざまな面を持った人だったという。

92 ホトケになれない

『平家物語』1巻5段より

仏も昔は　凡夫《ぼんぶ》なり
我らも終《つひ》には　仏なり
何《いづ》れも仏性　具せる身を
隔つるのみこそ　悲しけれ

祇王

私たちは、最後には御《み》仏《ほとけ》となって
魂の世界に帰るでしょう。

ですから、すべての命は平等なのです。
……わかっている、わかっています。

でも私は、いまはまだ未熟な人間《ひと》です。
つらいものは、つらいのです。
たまらなく、悲しいのです。

かつてあなたに愛されていた私。
いま、あなたに愛されているその女性《ひと》。
その差が、とてもとても、つらいのです。

ホトケになれたら。
ホトケになれたら。
ホトケになれたら……。よかったのかな。

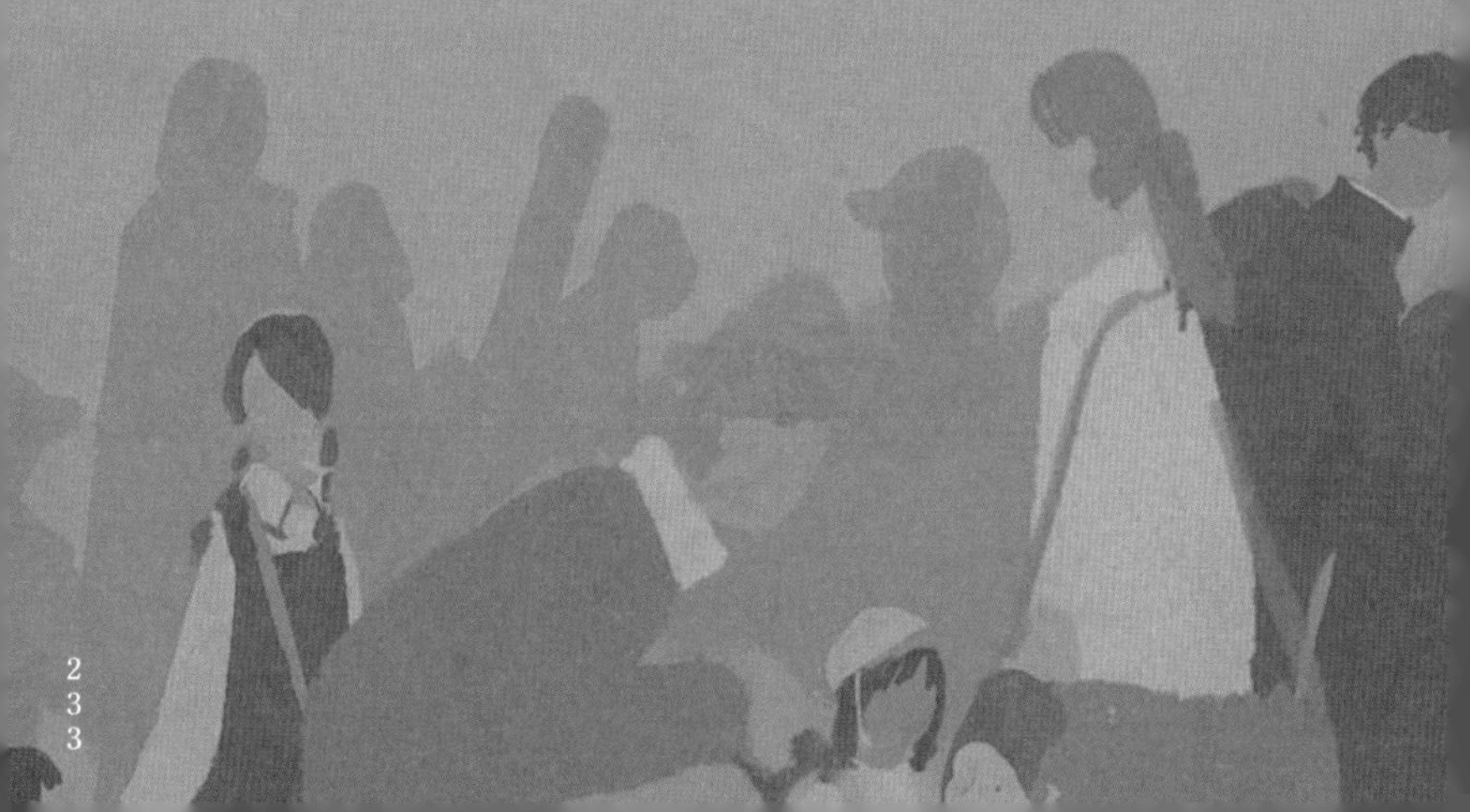

93 静かなる情念

koto

No.92で紹介したのは、『平家物語』に登場する祇王《ぎおう》という人の歌だ。祇王は平安時代に白拍《しらびょう》子《し》をしていた女性で、No.42〜43の静御前と同じ職業だ。

白拍子は、いまでいえば「芸能界で活躍するアーティスト」が近いかもしれない。とんでもなく魅力的だったんだろう。時の権力者たちの多くが彼女たちにメロメロになっている。

中でも祇王は、平清盛《たいらのきよもり》に寵愛《ちょうあい》されていた白拍子だった。

……ただ、清盛はそのうち祇王ではなく、仏御前《ほとけごぜん》という別の白拍子にお熱を上げる。いやな言い方をすれば、祇王は飽きられてしまう。

それならまだしも、清盛は祇王をわざわざ呼び出して、「かわいこちゃんの仏御前が元気がないから踊ってやってくれんか」と声をかけた。

祇王は仕方なく舞い、そのときの気持ちを歌に詠む。それが、No.92の歌だ。

その後、深く傷ついた祇王は出家して、家族とともに京都の嵯山にある寺に移った。それが、祇王寺というお寺として残っている（ちなみに、祇王が出家してからしばらくして、仏御前もこの祇王寺にやってくることになる）。

私はこの祇王寺が好きで、高校生のときに行って以来、京都といえば「祇王寺」というほど好きな場所になっている。深い緑が広がる、本当に美しい空間なのだ。

……けれど、実は最初に行ったときは、ちょっと怖かった。葉っぱが風で揺れる音や、小鳥が鳴く音だけが聴こえてくるような、とにかく静かな場所なのだけれど、「静かすぎる」のだ。だからもしかして、見えないところに「何か」がいるんじゃないか？　そんな怖さを感じていた。息をのむような美しさと、怖さのようなものが同居していたのだ。

当時はそれを表現する言葉がうまく出てこなかったけれど、いまでは「静かなる情念」という表現がしっくりきている。怒りや悲しみの先にある、ごく穏やかな状態。あらゆる感情を味わって、味わいつくして、消化したその先にある平静……そんな感覚のかけらを、祇王寺という場所は教えてくれるような気がしている。

余談だけれど、私の妄想では、清盛は自分の運命をわかっていて、祇王をお寺に逃したんじゃないかなぁという設定がある。その後、平家は源氏に滅ぼされるわけだが、自分の命がどうなるかわからないと知っていたら、大切な女性をずっとそばに置いたりはしないだろう。義経《よしつね》と静御前がそうであったように……。

真実はきっと誰にもわからないけれど、その時代にあった悲劇を、喪失感を、深い悲しみを経て、風化した先にある「静かなる情念」の境地。それは、とんでもなく美しい。

94

鳴いてほととぎす

『古今集』137　詠み人知らず

五月《さつき》待つ山ほととぎす
うちはぶき　いまも鳴かなむ
こぞのふる声

ははたいて、鳴いてみせてよ。ほととぎす。

去年と同じように、その声を聴かせてよ。

その声は、命の産声。生命を運ぶ声。

みんなが声を、待っている。

陰暦の5月（いまの5月下旬頃）。ほととぎすの待ち遠しさをうたった歌。ほととぎすは「時鳥」などのさまざまな当て字があり、各時代で象徴的な存在になっている。「魂迎鳥（たまむかえどり）」といった異名もある。夏の季語。

95 静心

『古今集』84　紀友則《きのとものり》（百人一首33番）

ひさかたの
光のどけき　春の日に
静心《しづごころ》なく　花の散るらむ

これ以上ない
穏やかな春の日差しの中でも
花は気忙《きぜわ》しく、
激しく散っていく。
散りゆくものは、
どうしたって止められないんだね。
こんなにのどかな光があるのに。

紀友則は、『古今和歌集』の選者の1人であり、紀貫之（No.10・11）の従兄弟。実は貫之以上の大歌人として知られていたが、『古今和歌集』の製作中に亡くなり、貫之がメインの編者となった。静心とは、「静かな心（平静）」の意味。のどかな日の光と、花が散っていく様子を対比した歌。

96 花を惜しむ

『風雅集』243　安嘉門院高倉《あんかもんいんのたかくら》

ひとすぢに　風もうらみじ
惜しめども　うつろふ色は　花の心を

作者は鎌倉時代中期の女流歌人で、後高倉《ごたかくら》上皇の娘。承久の乱の後、広大な領地を上皇から譲り受けたことで、藤原定家らも彼女に仕えるようになったという。花が散ったときに風を恨むのも、散らないでと願うのも、人間の都合なのだと、この歌は伝えている。

なぜ、花は散ってしまうのか。
「風が吹くから」
と人は答えるかもしれないが、
いや、そうではない。
散っていくのは、
花自身の気持ち。望みなのだ。
散らないでほしいというのは、
私たちの気持ちなのだ。

97 緑まだらな春

『新古今集』76　宮内卿《くないきょう》

薄く濃き
野辺のみどりの　若草に
跡までみゆる　雪のむらきえ

鎌倉時代、後鳥羽上皇に仕えた女性。同時代の藤原俊成女（No.63）と並ぶ女流歌人と評されたが、歌に熱心すぎたあまり、20歳という若さで亡くなってしまったという。この歌が代名詞となり、「若草の宮内卿」と呼ばれたとか。

冬が終わり、
あたらしい命が芽吹きはじめた。

こっちの緑は薄いけど、
あっちの緑は濃い。
ここは、なかなか雪が
溶けなかった場所なんだね。
あたらしい春が、来たんだね。

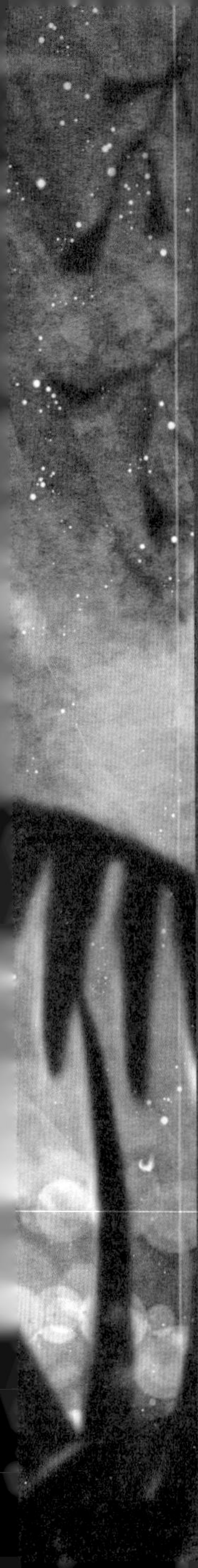

98 異世界探訪

『風雅集』1435 藤原良経《よしつね》

見ぬ世まで　思ひのこさぬながめより
昔にかすむ　春の明けぼの

藤原良経は、鎌倉時代初期のエリート貴族。九条良経とも呼ばれた。藤原俊成（No.28）に歌を習い、多数の名歌を残した。『新古今和歌集』の編集に関わり、序文を書いている。書の達人でもあったという。

遠い昔。あるいは遠い未来。
まだ見ぬ世界に思いをはせ、眺めてみる。
瞬間、「私」は置き去りになって、
いまが「いつ」なのか、
ここが「どこ」なのかわからなくなる。
夢とは、幻とは、現実とは。
すべてがかすむ、春の夜明け前。

99 明《あけ》烏《がらす》

『風雅集』1634 花園院

羽音して
わたる烏《からす》の 一こゑに
軒端《のきば》の空は 雲明けぬなり

いま、カラスがバタバタと羽ばたいた。
「カァ」と一声。
鳴いたと思ったら
光が差し込み、闇夜が明けた。
美しい世界の、朝がきた。
目を覚ます、時がきた。

7章

金糸雀色のエモ

Color of Kanaria-Iro

金糸雀《カナリア》色は、はかなくも透き通った黄色。
きんしじゃくとも、読める色。

遠い外海からやってきたカナリアは、
江戸時代の画家・葛飾北斎の絵にも登場する。

私たちは、カゴの中の鳥なのか。
空を自由に駆け回る鳥なのか。

どこへ向かうとしても、
その金の糸は、決して切れはしない。
終わりなどない。それは、始まりなのだから。

100

春はあけぼの

『枕草子』1段より　清少納言

春のエモといえば、夜明けね。

まだまだ薄暗いところから、
だんだんと、東から日がのぼってくる。

ここよ！

このとき、山の、際《キワ》があるじゃない。
山と空の境目っていうのかしら。

その山際に、細長い雲が
スーーーッとかかってるのを想像してみて。

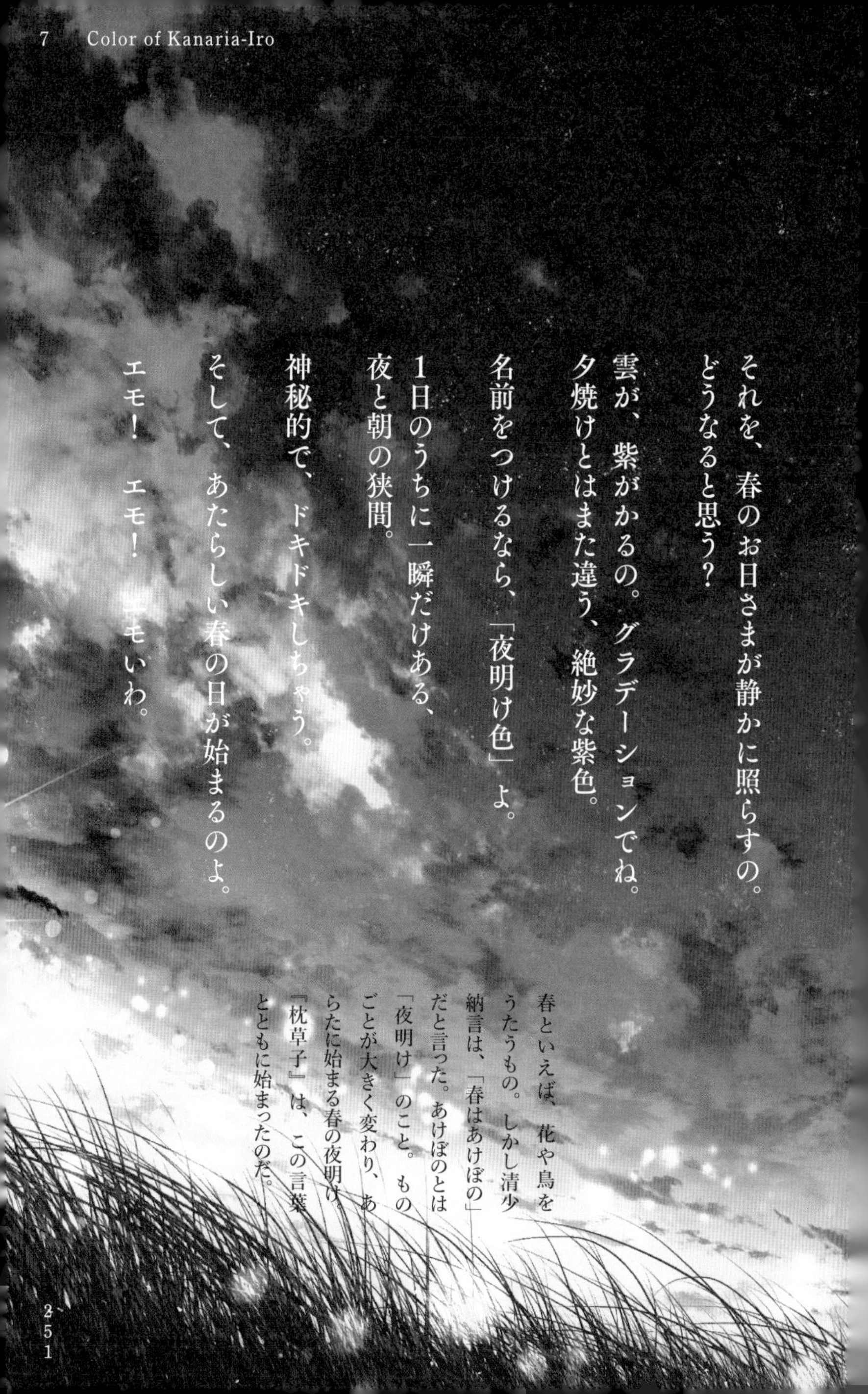

それを、春のお日さまが静かに照らすの。
どうなると思う？
雲が、紫がかるの。グラデーションでね。
夕焼けとはまた違う、絶妙な紫色。
名前をつけるなら、「夜明け色」よ。
1日のうちに一瞬だけある、
夜と朝の狭間。
神秘的で、ドキドキしちゃう。
そして、あたらしい春の日が始まるのよ。
エモ！　エモ！　エモいわ。

春といえば、花や鳥をうたうもの。しかし清少納言は、「春はあけぼの」だと言った。あけぼのとは「夜明け」のこと。ものごとが大きく変わり、あらたに始まる春の夜明け。『枕草子』は、この言葉とともに始まったのだ。

101

ついにゆく道

『古今集』861　在原業平

つひにゆく　道とはかねて　聞きしかど
きのふけふとは　思はざりしを

いつかは通る道だと
聞いてはいたが
それが、今日なんてね。
笑っちゃうぜ。
俺はあっちで、
酒でも呑むことにするよ。
それではお先に。

稀代の天才歌人、在原業平。稀代のプレイボーイでもあった彼は、晩年病気をわずらい、愛人と手紙のやりとりをしながら最期の時を過ごした。この歌を詠んでまもなく息を引き取ったという。『大和物語』165段でのエピソード。

102 いろはの「は」

「いろは歌」

色は匂へど　散りぬるを
我が世誰《たれ》ぞ　常ならむ
有《う》為《ゐ》の奥山　今日越えて
浅き夢見じ　酔《ゑ》ひもせず

花の香りが
たちまち消えるように、
人は死ぬ。

そのうち、あっけなく。

いっときの焦燥にかられて
勝敗を競う。命をつかう。

そういう世界は、
もう充分楽しんだ。

もう次に行くよ。
その先で待ってるよ。

作者不明。平安時代の末期に流行したという歌で、今様（七五調）のルールにのっとり、五十音をかぶることなく並べ、深い意味を持たせている。神業である。

103

道をつなぐ

『万葉集』4378　中臣部足国《なかとみべのたるくに》

月日《つくひ》やは　過ぐは行けども
母父《あもしし》が　たまの姿は忘れせなふも

作者は奈良時代の防人《さきもり》だった人。防人は九州沿岸を守るための兵士で、一度派遣されると帰れないことも多かったという。彼らの歌が『万葉集』には多数おさめられており、この歌もその1つ。

あれから、ずいぶんと時間が経ちました。
母よ、父よ、家族たちよ。
私は決して忘れはしません。
いただいたこの命を、この魂を。
つなぎます。つむぎます。

104

えらいエロ坊主

わし、坊主。えらい坊主じゃ。

知っとるか？　比叡山《ひえいざん》。とんでもなく格式の高い寺の、えらい坊主じゃ。かしこまれい。

さてこの物語。わしの若い頃の話になる。

当時からそりゃ〜見栄えのする男だったんじゃが、その頃といえばわし、修行も勉強もなーーーーーんもせんで、四六時中女のことを考えておった。

学問が嫌いってわけじゃない。まぁわかるじゃろ。迸《ほとばし》る若さがあった。

だが腐っても坊主。唯一、法輪寺《ほうりんじ》への参拝だけは欠かさなかった。

わしはその日も参拝に行き、つい知り合いと話し込んでしまった。次第に日が暮れて、帰りだした頃には真っ暗。こりゃいかんと、宿を探して歩いておったんじゃ。

すると、立派な屋敷があった。ここは一つと、泊めてもらうことにしたんじゃ。

わしの徳のおかげか、すんなり泊めてもらえることになり、メシと酒まで馳走《ちそう》になった。

しかも、あいさつした主人は女じゃった。えらいべっぴんさんの。歳は20歳頃だな。

たぎった坊主と、震えるほど美しい女主人、そうなったらお前さん、やることは一つだわな。

わし、夜這《よば》いしようと思ったんじゃ。

いやな、理由はある。夜なんとなく眠れずに屋敷を歩いておったら、戸の隙間から女主人がごろんと寝転んで、本を読んでおったのが見えた。その姿が、いや〜、たまらなかったんだわ。わかるじゃろ？　わからん？　想像力が足りんのじゃない？

わし、それから少し待って、深夜。ゆーーーーっくり彼女の部屋に近づいたわ。息を殺して、足音を立てないように。たどり着いた戸に手をかけた。少しずつ、ス、ス、ス、と。

主人はすっかり寝ておったようで、気づかない。

「これは！」と思ったわしは、さらに慎重に近づいた。布団に向かって、一歩、一歩、また一歩。そして、きた。ついに！　入ったんじゃ！　彼女の布団の中に！　忍びの技術としてお前たちにも伝えたいくらいじゃ。

それでな。布団に入ったらなぁ、するのよ。得《え》も言われぬいい芳香《ほうこう》が。わしゃもう仏に祈ったわ、ありがたや〜ありがたや〜。

わし、ついに夜這い敢行《かんこう》！

ばっと主人の上に乗りかかろうとした瞬間……起きたんじゃ。主人が。あちゃちゃ。

彼女は自分の着物をギュッとつかんで放そうとしない。

「あなたが立派な方だと思ったから食事もお出しして、一晩宿をお貸ししたのですよ」と。

しかし、それで止まる若僧ではない！　……かと言って、仏に仕える身。力づくというわけにもいかん。静かな攻防を繰り広げていると、彼女はこう言った。

「あなたの言うとおりにならないわけではないのです。私は、去年の春に夫を亡くしました。それから言い寄ってくる方は何人もいた。けれど、そのへんのどうでもいい方と一緒になる気はないのです。だから、こうして１人で暮らしていたのです。

その点、あなたのようなお坊さんを拒むような理由は、ありません」

わしは、たいそう興奮した。いける！　いけるの⁉

「ただ、一つ条件が。あなた、法華経《ほけきょう》は唱えられますか？　その唱え方次第では、関係を持つことはやぶさかではありません」

とのこと。ふはは！　わしは内心爆笑した。

だってそのとき、法華経をまーーーったく覚えておらんかったから！

「残念ながら、暗唱はまだできないのです」

「まだ？　どうして？　そんなに難しいのかしら？」

「いえ、決して暗唱できないわけではないのです。しかしお恥ずかしながら。私、まだまだ修行不足でございまして……」

「それなら、いますぐ寺に戻り、修行をなさってください。暗唱をできたのなら、そのときは……ねっ」

女主人はそう言って、わしを返した。そして夜も明け、わしゃ一目散に寺に帰った。

わかるじゃろ？　脳裏から離れんのじゃ。あの美女の声が。姿が。香りが。

だからわし、死にものぐるいで法華経を覚えたよ。20日ほどで覚えきり、やることは一つ！

わしゃ彼女の元に飛んでいったさ。

走れ！　動け！　わしの足！　力の限り！

そしてまた深夜、こっそり忍び込んだ。すると彼女、なんて言ったと思う？

「お坊さま、たかが法華経を唱えられるくらいではいけません。私は、こそこそ隠れた付き合いはしたくないの。正式に、公式に付き合いたいんです。だからどうでしょう。さらに修行をされて、学僧になられては？」

「学僧……ですか。いや、しかしそれには時間が……」

「あなたほどの才能でしたら、3年ほど。比叡山にこもって勉強をされればすぐに認められるでしょう。その間、私は文通を欠かしません。経済的な援助もして差し上げます。どうです？悪い話ではないでしょう」

これが彼女の言うとおり。まったく悪い話ではなかった。

だから、わしも覚悟を決めて、「わかりました。では3年後に、必ずや結ばれましょう」と、ここ比叡山に向かうことになったんじゃ。

＊

それから3年後。

わしは気づけば、一門の中でも「随一」と呼ばれるほどの博識になっておった。学僧として、身を成したんじゃ。

きた、ついにきた……。もう足が震えたわ。

あれから3年。ついに、一緒になれるときが来たんじゃ。学問に励めども、彼女のことを、一緒になれることを片時も忘れたことはない。

今度は夜這いではなく、正式に、表門から彼女を訪ねた。

緊張と興奮で、全身プルプルしとったわ。

屋敷では、几帳《きちょう》越しに、薄っぺらい布を隔てた場所で、彼女に接見した。

すると彼女は、次々と質問をしてくる。

「諸法実相《しょほうじっそう》の心とは？」「三界は安きことなし。その真意をどう解かれる？」……いやこれが、まったく素人の質問ではないのだ。とんでもなく難しい。

いったいこの主人は何者なんじゃと驚くが、いやしかし、これしきで臆するようなわしではない。すでに立派な学僧と成ったわしは問答も見事にこなした。

そしていよいよ夜がきた。待ちに待った瞬間じゃ。

わしはその夜、また拒まれるんじゃないかと、おそるおそる、彼女に近づいた。

おっかなびっくり、そっと、ゆっくりと手を彼女の身体の上に置いた。しかしもう、拒まれはしなかった。これは夢か？　幻か？

それではと、彼女の肩に左腕を回し、右手で身体をまさぐり……ぐへへへ……と思っておったんじゃが、わし、はて？　いつの間にか寝てしまったんじゃ。

いつ眠ってしまったのかも、まったく覚えておらん。突然、意識が途切れた。

そして朝、気づいたらそこは、何もない原っぱじゃった。

ススキが一面に茂るだけの原っぱ。わしは寒さで震えたわ。

いったいあれは、なんじゃったのか？　彼女は？　屋敷は？

＊

わしはそのときなんとなく、いや、確信できることがあった。

「法輪寺じゃ！」

そう。わしが唯一参拝を欠かさなかった法輪寺に何かがあると思い、急ぎ向かった。

法輪寺のお堂で祈りはじめると、また突然、気を失った。そして、夢を見た。

そこには顔の青白い小僧が出てきて、こう言った。

「私だ。わかるな。お前が見たのは、夢でも幻でも、ましてやキツネやタヌキに化かされたわけでもない。すべて、私がやったことだ。

どうにもお前には素質があるのに、まじめに学問をせぬ。そこで、色狂いのお前のこと。色でもってやる気を出させればと思案し、行ったことだ。

わかったら、さっさと比叡山へ戻れ。そして、学問に励め。これまで以上に。よいな」

そうして、わしは夢から覚めた。すべては、法輪寺の虚空蔵《こくうぞう》さまの起こした奇跡だったのだ。

それからのことは、ほれ、見てのとおり。わしは自らの行いを深〜く反省し、修行に励み、立派な僧となり、お前たちにこうして話をしているわけだ。ありがた〜い、話じゃろ？

『今昔物語』比叡《ひえい》の山の僧、虚空蔵《こくうぞう》の助けによりて智《さとり》を得《う》る語《こと》（17巻33話）より

わしの見た女主人（イメージ）

105

大晦日に

『古今集』341　春道列樹《はるみちのつらき》

昨日といひ
今日と暮らして　あすか川
流れて早き　月日なりけり

ああ、昨日が終わった。
ああ、今日が始まった。
あすか、あすか、またあすか。
そうやって、川のように
流されるままに。
気づけば今日は大晦日だ。
まぁさ。
それもまた、人生だよね。

春道列樹は、平安時代中期の歌人。急流で知られる奈良の飛鳥川にたとえて人生をうたった歌。大晦日にうたわれたもの。私は悲哀というよりも、「いつでも日常って、なんかいいよね」というメッセージを感じた。

106

好きにしなよ

『閑吟集』55

何せうぞ　くすんで
一期は夢よ　ただ狂へ

常識、ルール、価値、流行。
よけいなことばかり教えられ、
俺たちはどーしようもないアホになる。

選んでいるつもりになって、
実のところ選ばされているだけさ。

ムカつくぜ。この不条理が。
窮屈だぜ。檻《おり》の中の人生は。
だからもう、好きにするよ。

踊らされるんじゃなくて、踊るんだ。
決めるのさ。腹の底で。
そしたらもう、
怖いものなんて、なくなるぜ。

人生ってのは、無限のファンタジーだよ。

室町時代、戦乱の世に流行った歌。「くすむ」とは、「きまじめ」「重々しい態度」などの意味。ぜんぶが夢。だから狂ってしまえばいい。単なるやけくそにも取れるが、人生の取捨選択を迫る人生讃歌にも思える。

107

特別な日

koto

記憶をさかのぼってみる。それこそ、2歳とか、3歳とか、4歳とか。
そのときに、「曜日感覚」ってあったかな？　って。
「今日は日曜だから休日」って感覚、あたりまえになっているけれど、いつからだろう？
もちろん当時のことはほとんど覚えてないけど、きっと私は、遊びたいときに遊んで、休みたいときに休んでいたはずだ。

ネコのように、気まぐれで自由だったはず。

誕生日は祝うもの、祝われるもの。クリスマスやお正月は家族や恋人と過ごすもの。平日は休んで、休みの日は休むもの。空気を読みなさい。ルールなんだから従いなさい。決まりは守りなさい。がまんしなさい。結婚して幸せになりなさい。それがふつうなんだから。

……そういう感覚も、最初からそう思っていたわけじゃなくて、ぜんぶ誰かに教えてもらったものなんだと気づいた。結局ぜんぶ、「思い込み」と「刷り込み」。誰かに教わったモノサシで私たちは生きているのだ。

それが悪いって話ではない。それで別にいいのだ。

ただその上で、いったん自分で決めてみたらいいんじゃないかなって。

手を抜きたい日は抜く。がんばりたいときはがんばる。1人でいたいときは1人になる。

そのとき信じたいものを、信じる。決めてみて、イヤだったらやめる。

日常とまったく変わらないクリスマスやお正月があったっていい。なーんでもない日に贅沢をしてみたっていい。

おバカなネコみたいな生き方でも、まじめなおイヌさまみたいな生き方でも、自分に合うなぁと思う生き方をすればいい。

それで、いいんじゃない？　っていうか、人生それだけなのかもしれないと、私は先人たちの言葉を都合よく受け取っている。

ということで私、今日はのんびり、休みまーす！

108

天下泰平に寄せて

『富士之煙』 徳川家康

「厭離穢土《えんりえど》 欣求浄土《ごんぐじょうど》」

治まれる やまとの国に咲き匂ふ
いく万代《よろづよ》の 花の春かぜ

戦乱の世を終わらせ、江戸幕府を開いた徳川家康。「厭離穢土 欣求浄土」は、家康の旗に書かれていた文字。かつて信長に敗れて失意にあったとき、登誉《とうよ》上人というお坊さんにかけられたのが、「この世を極楽にすればいい」というこの言葉だったという。

「こんな汚れた世界には、
もう居たくない。
だったら、
美しくつくり変えればいい」
そうして始まった
長い長い戦いが終わった。
これから何万年と
この美しい世界が続くことを願う。

109 中くらいで

『おらが春』 小林一茶

めでたさも
中《ちゅう》くらいなり
おらが春

大きくなくていい。
小さいのもいいけねぇ。
行ったり来たりしてよ、
最後は中くらい。
中の中に落ち着くんだ。
ほどほどの豊かさと、安らぎ。
それが、中庸。それが、おらが春だ。

松尾芭蕉に影響され、俳人となった小林一茶。生涯で2万ほどの句を残している。これは、代表作として知られる『おらが春』の第一句目。旅をしてきた一茶が故郷の信濃（長野県）にUターンし、詠んだ歌。おらは、信濃地方の方言だそう。

110

魂《たま》で走れ

葛飾北斎　辞世の句

人魂《ひとだま》で行く
気散《きさん》じや
夏野原

おれぁ魂《たま》になって、出かけるぞ。
駆け回るんだ、夏の原っぱを。
のびのび、気のまま、思う存分さ。
お〜い！　いま行くぞ。

江戸時代中期に生まれた浮世絵師。数々の雅号（ペンネーム）を持ち、膨大な作品を描いてきた北斎は、「もっと生きられればもっとうまく描ける」と語っていたが、最後に遺したのはこの言葉だった。

111

風のように

『平家物語』1巻1段より

祇園精舎の鐘の声、
諸行無常の響きあり。
娑羅双樹の花の色、
盛者必衰の理をあらはす。
おごれる者久しからず、
ただ春の夜の夢のごとし。
たけき人もつひにはほろびぬ、
偏に風の前の塵に同じ。

春にはあたらしい命が芽吹くように、
私たちはたまに、
何かの夢にとりつかれる。
何も見えなくなってしまうほどに。

でも、どんな花も、いつかは枯れる。
肉体も、夢も、消えるときがくる。
宇宙からすれば、人生は「一瞬の凪」。
ヒトの考えた成功や失敗に
意味なんてないんだよ。
だからこそさ、自由なんだ。
どう生きるのかは、
自分で選ぶんだ。

『平家物語』の冒頭より。祇園《ぎおん》精舎《しょうじゃ》は、古代インドで釈迦のためにつくられたお寺のこと。娑羅《さら》双《そう》樹《じゅ》は、釈迦が悟りを開いて亡くなったとき（入滅したとき）そばにあった樹で、淡く黄色い、小さな花を咲かせる。このフレーズで始まる悲劇の物語『平家物語』。私は、当時はどうにもならなかった彼らの分も、「自由に生きなさい」と言われているように感じた。

おわりに

ある年のこと。私は、「すべてをやめよう」と決意した。勤めていた会社に辞表を出し、旅に出た。……と言っても、生きるのをやめようという深刻なことではなく（死ぬ気ないわ！）、自分探しのようなおセンチなものでもない（自分はここや！）。

ただ、それまでしていた仕事や、習慣、ものの見方など、いろんなことがかみ合わなくなってしまった気がして、熱がなくなってしまって、だったら、とりあえずぜんぶやめてみようと思ったのだ。私は、大好きだったテレビを捨て（比喩ではなく本当に）、引っ越しをし、ネットニュースすら見るのをやめ、代わりにふらっと旅に出た。

北へ南へ、東から西へ、とにかく思いつくままに（なけなしの貯金を崩しながら）。目的はといえば、樹齢千何百年という樹々や、ナニコレ？　というくらい大きな岩を見に行く！　というものだった。

なんでそんなことしてるの？　と聞かれても、合理的な理由はなかったので「なんとなく！」としか答えられなかった。「次は決まってるの？」と聞かれても、「決まってないっす」。（こいつやばいな……）という目線を感じた。

しかし、当の本人（私）は気楽なもので、自然の姿、つくりものではない「本物」の姿に毎回圧倒されながら、「ちっぽけな自分が本当に空っぽになったとき、何か残るものはあるんだろうか？」と、不思議とワクワクしていた。鬼が出るか蛇が出るか、である。

……前置きが長くなってしまったが、1つ残ったもの。それが、この本だった。

さまざまな土地に赴くと、たとえば石碑や、その土地の歴史に、私が読んできた古典作品の登場人物たちの足跡《あしあと》があった。その言葉があった。そして、思い立った。それまで、誰に見せるわけでもなく、ひっそりと書き留めていたメモのような記録。これに、光をあててみたいと思った。

正しいか、正しくないか、良いか悪いか、お金になるかどうかなんて、もうそんなことはどうでもよく、「まずはやってみたい」と、火がついた。それから原稿を人に見せたりしていくうちに、あれよあれよとこのように形となり、「まじ貯金ゼロになったけどよかった」である（ちなみに、ぜんぶがどうでもよくなった結果、復職もした）。

手製のつたない原稿を拾ってくださったサンクチュアリ出版のみなさまと、命の宿ったイラストを快く貸してくださったイラストレーターの方々に。そして、ここまで読んでくださったあなたに。心の奥底よりの感謝を申し上げます。ありがとうございました。

自分で決めていることなんて、実はほとんどないんじゃないかなと思う今日この頃。みなさまに、どうか、どうか、まばゆい光がありますように。

koto

イラストレーター：提供作品

◎あしな：P138-139『夏をかける少女 2020ver.』
◎雨森ほわ：P144-145『Sunflower』P244-245『6月某日』
◎あんよ：P96-97『海の見えるカフェで』
◎或る街の白昼夢：P42-43『いつかあなたのそばに帰る』
◎椿湛：P148-149『ホタルのいる林』
◎ Uomi：P134-135『Firefly of Fairy』P209『.』
◎うらな：P200-201『空に問う』P202-203『月光』
◎おかゆー(Twitter:@okayudrawing)：P60-61『俺たちの自販機』P122-123『換気』P252-253『なつのかけらを』P272-273『打ち上がる』
◎岡虎次郎（Twitter:@oka_kojiro10）：P156-157『星の花』
◎甲斐千鶴：P180-181『橋立小女郎』P104-105『思い出』P114-115『静御前』
◎ Kupe：P16-17『夏の夜に咲く大輪』P170-171『あの日見た雪』P168-169『冬の流星群』
◎クリタミノリ：P106-107『ふきげん』
◎ゲン助：P52-53『カンカンカン』P98-99『湿った公園の香り』
◎小山阜：P70-71『緑の映る静かな和室』
◎さとざき幸:P84-85『この腕がどれくらい長ければ、きみを抱きしめられたのかな』P278-279『夕立が来る前に』P232-233『この涙が、きみの心まで濡らさないといいんだけれど。』P266-267『午後のあしおと』P90-91『いつでも誰かは苦しんでいて、他の誰かは笑っているの』
◎犀将:P22『むくんだかも』P151『コインランドリー』P152-153『こんにちは』P24-25『枝垂れ』P72-73『帰り道』P274-275『疲れた～』P26-27『届きそうな気がした』
◎防人（pixiv:211515）:P236-237『栄葉アウラ』P240-241『暁光の雫』P196-197『星煙の囁き』P276-277『秋影』P254-255『傾くココロ』P54-55『千花の雫』
◎栞音：P158-159『黄昏と君』P88-89『響く音は』
◎しまざきジョゼ：P130-131『月とナイフ』P56-57『ロンググッドバイ』P76-77『これは戦争だから』P32-33『かえりみち』
◎周憂：P64-65『「また、ここで」』P186-187『ブルーな気持ち』P78-79『悔刻』
◎猩猩：P210-211『King of Scrap.』
◎杉87：P40-41『Orange』
◎ tabi：P100-101『秋紅』P212-213『常夜灯』
◎染平かつ：P268-269『上を見れば』
◎ Taizo：P242-243『北国、足跡』
◎ど～ら：P34-35『秋麗の間』
◎ともわか：P184-185『room』P182-183『猫釣り』
◎中村至宏：P154-155『new world』P220-221『hello goodbye.』P194-195『きっと会える、水の星で』
◎中塚理恵：P118-119『Diamond dust』P103『甘党』P226-227『巨大魚のいる回廊』P222-223『旅路』P206-207『こぼつ』
◎ pasoputi（Twitter:@pasopuchi）：P30-31『思い出に浸る』P20-21『海底パレード』P48-49『おつかれさま』P132-133『一人の時間』
◎はるころ：P162-163『薔薇すくい』P38-39『Margaret』P68-69『星の涙』
◎灰：P230-231『ふうせん』
◎ fjsmu：P74-75『夏！』P238-239『帰ります』
◎ Fuji：P178-179『星を探しに』
◎ furi(ふーり)：P18-19『落書き。』P224-225『夏暁』P246-247『寂しくなんてないよ。』P250-251『始まりの夜明け。』
◎ faPka：P80-81『堕落天使』
◎へちま：P66-67『Serendipity』
◎ま（Twitter:@mamamauuuuu）：P167『星の見える部屋』
◎待井健一：P124-125『わすれないで』
◎みなはむ：P50-51『今しかできない踊り』
◎やｓい：P164-165『「朝の楽しみ」なイラスト』P46-47『「窓辺」なイラスト』
◎柳貞次郎：P44-45『窓の外は雨（みなとみらい）』
◎ YUNOKI：P265『タイトルなし』
◎乱ノ介：P188-189『天の川』
◎ wacca：P160-161『夏休み、花火。』P28-29『camera』P120-121『今日も雨だね』
◎ Y_Y：P256-257『明日の音と味』

参考文献

＜和歌集・句集＞
『万葉集1～4巻』伊藤博（訳注）KADOKAWA
『新版 古今和歌集 現代語訳付き』高田祐彦（訳注）KADOKAWA
『新訳 後撰和歌集』水垣久 やまとうたeブックス
『拾遺和歌集』小町谷照彦・倉田実（校注）岩波書店
『後拾遺和歌集』久保田淳・平田喜信（校注）岩波書店
『新訳 千載和歌集』水垣久 やまとうたeブックス
『新古今和歌集 上・下巻』久保田淳（訳注）KADOKAWA
『風雅和歌集全注釈上・中・下巻』岩佐美代子 笠間書院
『閑吟集』真鍋昌弘（校注）岩波書店
『百人一首（全）ビギナーズ・クラシックス 日本の古典』谷知子（編）KADOKAWA
『戰國時代和歌集』川田順（編）やまとうたeブックス
『山家集』西行／宇津木言行（校注）KADOKAWA
『狂雲集』一休宗純／柳田聖山（訳）中央公論新社
『芭蕉全句集　現代語訳付き』松尾芭蕉／雲英末雄・佐藤勝明（訳注）KADOKAWA
『良寛 旅と人生 ビギナーズ・クラシックス 日本の古典』松本市壽（編）KADOKAWA

＜随筆・物語＞
『古事記』倉野憲司（校注）岩波書店
『風土記 上巻 現代語訳付き』中村啓信（監修・訳注）KADOKAWA
『新版 枕草子 上・下巻』清少納言／石田穣二（訳注）KADOKAWA
『紫式部日記　現代語訳付き』紫式部／山本淳子（訳注）KADOKAWA
『更級日記 ビギナーズ・クラシックス 日本の古典』菅原孝標女／川村裕子（編）KADOKAWA
『新編 日本古典文学全集12 竹取物語 伊勢物語 大和物語 平中物語』片桐洋一・福井貞助・高橋正治・清水好子（校注・訳）小学館
『日本古典文学全集22　今昔物語集二』馬淵和夫・国東文麿・今野達（校注・訳）小学館
『平家物語上巻』佐藤謙三（校注）KADOKAWA
『宇治拾遺物語 ビギナーズ・クラシックス 日本の古典』伊東玉美（編）　KADOKAWA
『方丈記 現代語訳付き』鴨長明／簗瀬一雄（訳注）KADOKAWA
『新版 徒然草 現代語訳付き』兼好法師／小川剛生（訳注）KADOKAWA
『義経記』作者不詳／高木卓（訳）グーテンベルク21

＜その他＞
『源氏物語の時代 一条天皇と后たちのものがたり』山本淳子 朝日新聞出版
『定本 和の色事典』内田広由紀 視覚デザイン研究所
コトバンク　https://kotobank.jp/

クラブS

新刊が12冊届く、公式ファンクラブです。

https://www.sanctuarybooks.jp/clubs/

サンクチュアリ出版 YouTube チャンネル

奇抜な人たちに、
文字には残せない本音
を語ってもらっています。

"サンクチュアリ出版 チャンネル" で検索

選書サービス

あなたのお好みに
合いそうな「他社の本」
を無料で紹介しています。

https://www.sanctuarybooks.jp/rbook/

サンクチュアリ出版 公式 note

どんな思いで本を作り、
届けているか、
正直に打ち明けています。

https://note.com/sanctuarybooks

人生を変える授業オンライン

各方面の
「今が旬のすごい人」
のセミナーを自宅で
いつでも視聴できます。

https://www.sanctuarybooks.jp/event_doga_shop/

k o t o

夜だけ作家。昼間は会社員、夜は作家、休日は旅人。心の赴くままに、夜な夜な創作活動を行っている。旅中に出会った『枕草子』がきっかけとなり、古典作品や文学作品を独自解釈した短編、中編を書き綴るようになる。心の動き（エモ）に重きを置いた作風が持ち味。趣味は、日本各地の自然や土地を見に行くこと。

いとエモし。
超訳 日本の美しい文学

2023年4月20日 初版発行
2024年4月30日 第7刷発行（累計5万6千部）

著者　koto

デザイン　井上新八

装画　栞音

イラスト　あしな／雨森ほわ／あんよ／或る街の白昼夢／情湛／Uomi／うらな／おかゆー／岡虎次郎／甲斐千鶴／Kupe／クリタミノリ／ゲン助／小山阜／さとざき幸／犀将／防人／栞音／しまざきジョゼ／周憂／猩猩／杉87／染平かつ／tabi／Taizo／ど〜ら／ともわか／中村至宏／中塚理恵／pasoputi／はるころ／灰／fjsmu／Fuji／furi(ふーり)／faPka／へちま／ま／待井健一／みなはむ／やｓい／柳貞次郎／YUNOKI／乱ノ介／wacca／Y_Y　（五十音順）

画像提供　iStock.com/Andrii Shelenkov
iStock.com/Iryna Shancheva（表紙）
iStock.com/Poliuszko（P142 ~ 143）

編集　松本幸樹
営業　二瓶義基
広報　岩田梨恵子
制作　成田夕子
進行　橋本圭右

発行者　鶴巻謙介
発行・発売　サンクチュアリ出版
〒113-0023 東京都文京区向丘2-14-9
TEL:03-5834-2507 FAX:03-5834-2508
https://www.sanctuarybooks.jp/
info@sanctuarybooks.jp

印刷・製本 株式会社光邦
PRINTED IN JAPAN